Bianca

ESPOSA DE PAPEL
Tara Pammi

Editado por Harlequin Ibérica.
Una división de HarperCollins Ibérica, S.A.
Núñez de Balboa, 56
28001 Madrid

© 2018 Tara Pammi
© 2019 Harlequin Ibérica, una división de HarperCollins Ibérica, S.A.
Esposa de papel, n.º 2690 - 3.4.19
Título original: Sicilian's Bride for a Price
Publicada originalmente por Harlequin Enterprises, Ltd.

I.S.B.N.: 978-84-1307-723-9
Depósito legal: M-5545-2019
Impresión en CPI (Barcelona)
Fecha impresion para Argentina: 30.9.19
Distribuidor exclusivo para España: LOGISTA
Distribuidor para México: Distibuidora Intermex, S.A. de C.V.
Distribuidores para Argentina: Interior, DGP, S.A. Alvarado 2118.
Cap. Fed./Buenos Aires y Gran Buenos Aires, VACCARO HNOS.

Capítulo 1

D ANTE Vittori miró fijamente el documento que le habían entregado una hora antes. Los ventanales de su despacho, situado en el piso cuarenta y seis de las torres Matta, en el centro de Londres, bañaban de un resplandor anaranjado el lujoso espacio en aquel momento, el de la puesta del sol a sus espaldas.

Vikram Matta, el hijo de su mentor, Neel Matta, y su mejor amigo, había fallecido.

Sintió que se le encogía el corazón durante un minuto seguido.

No obstante, había aprendido que el dolor era una emoción inútil. Lo había aprendido con trece años, cuando su padre se había quitado la vida en vez de enfrentarse a la cadena perpetua a la que había sido condenado por arruinar a cientos de personas con el caso Ponzi. Lo había aprendido cuando su madre se había limitado a cambiarse el apellido y recuperar el de su padre siciliano y se había casado con otro hombre solo un año después de la muerte de su padre.

Por aquel entonces, si Dante se hubiese dejado llevar por las emociones, se habría derrumbado. Vikram ya no estaba y él hacía tiempo que lo había asumido.

Repasó los documentos rápidamente para asegurarse de que no se le escapaba nada.

Acciones con derecho a voto del fallecido.

Se le erizó el vello de la nuca y recordó la conversación que había mantenido con Vikram y con Neel cuando Neel se había enterado de que no le quedaba mucho tiempo de vida.

Neel Matta había montado Matta Steel, un negocio de producción de acero, casi cuarenta años antes, pero había sido Dante quien lo había convertido en el grupo empresarial multimillonario que era en esos momentos. Y Neel había decidido enfrentarse a su propio hermano, Nitin, y otorgar sus acciones con derecho a voto a alguien de fuera de la familia, a Dante.

Así, había convertido a Dante en uno más de la familia y en esos momentos Matta Steel era parte de él, lo era todo para él.

En vez de perder el tiempo llorando la muerte de Neel y lamentándose por el terrible accidente de avión en el que había fallecido Vikram, Dante se había dedicado a trabajar todavía más y a consolidarse como director general de la empresa.

Pero en esos momentos estaban en juego las acciones con derecho a voto de Vikram...

Su secretaria, Izzy, entró en el despacho sin llamar. Ella también había recibido la generosidad de Neel y trataba a Dante con una confianza que este no permitía a nadie más. Además, estaba seguro de que si lo había interrumpido era porque tenía un buen motivo.

La mujer pelirroja clavó la mirada en los papeles

que Dante tenía delante y sus ojos verdes mostraron aflicción por un instante, pero cuando lo miró a él lo hizo de manera profesional.

También estaba muy dolida por la muerte de Vikram, pero, al igual que él, era una persona pragmática.

Dante se echó hacia atrás en la silla, entrelazó los dedos detrás de la nuca y le dijo:

—Suéltalo.

—He oído decir a Norma, la secretaria de Nitin, que este va a convocar a la junta para una reunión de urgencia con un asesor especial.

—Ya me lo imaginaba.

La codicia del hermano de Neel no lo sorprendía.

—No sabía si eras consciente de que las acciones con derecho a voto de Vikram están en juego.

—Lo sé.

Izzy era competente y muy inteligente. Y, sobre todo, le era muy leal, una cualidad impagable para Dante.

—¿Qué opinas tú al respecto?

Ella tomó asiento y abrió su cuaderno.

—Le he tirado un poco de la lengua a Norma y sé que Nitin quiere repasar los estatutos delante de la junta para llegar a la conclusión de que las acciones de Vikram... deberían ser para él, dado que, según los estatutos, las acciones con derecho a voto deben mantenerse en la familia.

—Pero Neel los modificó para darme a mí sus acciones.

Se las había regalado después de que Dante hubiese realizado un importante logro para la empresa, había sido el gesto con el que Neel había preparado su camino hacia la jubilación y había entregado las riendas del negocio a Dante. Por desgracia, pocos meses después había fallecido de la enfermedad coronaria que sufría.

–Nitin va a decir que Neel hizo aquello porque no estaba bien de salud.

Dante sonrió.

–Lleva diez años con lo mismo y yo sigo con el control.

–Además, se ha olvidado de Ali.

Por primera vez en años, Dante se acordó de la hija rebelde de su mentor, la única preocupación de Neel con la que él no lo había podido ayudar. El único elemento de la ecuación que jamás había logrado entender.

–No, no se le ha olvidado.

Todo el mundo sabía que Alisha siempre había despreciado la empresa de su padre.

Dante se puso en pie, estaba empezando a anochecer.

–Nitin cuenta con que Ali no va a querer tener nada que ver con la empresa, como ha hecho siempre, y piensa que va a heredar las acciones de Vikram.

–¿Y tú puedes oponerte?

–Puedo, pero si la junta directiva se pone de su parte y decide que las acciones son para él, no podré hacer nada. Salvo que...

De repente, se le ocurrió una idea.

–Nitin tiene que aprender de una vez por todas que Matta Steel es mía.

–Supongo que tendrás un plan para conseguir eso.

Lo tenía. Y era un plan brillante. No se había dejado la piel en aquella empresa para tener que defender su puesto todos los años.

Tenía dudas, pero las apartó de su mente. No podía decepcionar a Neel, tenía que mantener el control de Matta Steel.

Alisha nunca había querido tener nada que ver con el legado de su padre, le había dado la espalda a todo lo relativo a la empresa, a Neel e incluso a Vikram.

Y, que Dante supiera, por él solo sentía resentimiento.

Pero todo el mundo tenía un precio y él solo necesitaba averiguar cuál era el de Ali.

–Averigua dónde está.

Izzy levantó la cabeza y lo miró con sorpresa.

–¿Ali?

No parecía convencida.

–Sí. Encuentra a Alisha –le confirmó antes de ponerse la chaqueta y mirar el teléfono.

No había ningún motivo para perderse la cita que tenía aquella noche con una actriz de Broadway que estaba de paso por Londres.

Al llegar a la puerta, se giró hacia su secretaria.

–Ah, y llama a ese detective en mi nombre. Me gustaría hablar con él.

–¿A qué detective?

–Al que pago para que le siga la pista a Alisha.

–Pero si nunca te lees sus informes –lo acusó Izzy claramente.

Nunca se había preocupado por Alisha, solo había querido que estuviese vigilada por si se metía en algún lío.

Lo había hecho por Neel.

–No había necesitado hacerlo, hasta ahora. Está bien, ¿no?

En realidad, Dante se leía todos los informes, pero Izzy no tenía por qué saberlo.

–En cualquier caso, ahora voy a necesitar más información.

–Dante...

–No es asunto tuyo, Isabel –la interrumpió antes de cerrar la puerta tras de él.

Izzy siempre había estado en su vida, desde que Dante se había ido a vivir a casa de Neel mucho tiempo atrás, pero eso no significaba que tuviese que compartir con ella sus pensamientos más íntimos, ni que la considerase una amiga.

Dante Vittori no tenía relaciones personales, de ningún tipo.

–Ha venido alguien a verte, Ali.

Alisha Matta levantó la vista. Estaba de cuclillas en el restaurante del Grand Empire Palace, soportando el peso de la cámara con los hombros, con las piernas doloridas por llevar demasiado tiempo en aquella posición. Ignoró a su amigo Mak y siguió tomando fotografías.

Se había pasado toda la mañana esperando en la pequeña cocina del restaurante a que Kiki volviese a casa.

Llevaba tres meses esperando aquel momento.

–A tu derecha, mira a la cámara. Saca la cadera izquierda. Estás maravillosa, Kiki –continuó alentando a la modelo.

Había aprendido un poco de tailandés durante el último año, pero su marcado acento hizo reír a Kiki.

Las luces de neón y el suelo de linóleo rosa, barato, eran el marco perfecto para una Kiki vestida con vaqueros y una camisa, que se movía de manera eficiente y sensual ante la cámara.

Pero ni siquiera la perfección de aquella imagen pudo evitar que las palabras de Mak la distrajeran.

–Si es John, dile que lo nuestro ha terminado –susurró.

–Es un caballero italiano vestido de Tom Ford y con zapatos de Gucci, creo.

Ali cayó hacia atrás.

–¿Qué dices, Mak?

Este frunció el ceño.

–Ya sabes, el tipo que escribió acerca de los círculos del infierno, ese.

–Dante –murmuró ella, pensando que Mak tenía razón al relacionar a Dante con el infierno.

Porque aquello era lo que el protegido de su padre representaba para ella.

El demonio.

«Las princesas no deberían tirar piedras, *bella*».

En realidad, llamarlo así era exagerar porque a ella nunca le había hecho daño, pero lo odiaba.

Se preguntó qué estaría haciendo en Bangkok.

La última vez que se habían visto había sido cuando se había enterado del accidente de Vikram.

Cerró los ojos e intentó no recordar aquella horrible noche, pero no lo pudo evitar.

Se había sentido furiosa con Dante por un único motivo: que él estaba vivo y su hermano, no.

–Creo que no le gusta que le hagan esperar –añadió Mak, interrumpiendo sus pensamientos.

Ali se incorporó.

No, al multimillonario Dante Vittori no le gustaba que le hiciesen esperar en un hotel destartalado. Debía de estar impaciente por volver a su imperio. Y a su fortuna.

¿Cómo se atrevía ella a hacerlo esperar cuando un minuto de su tiempo podía significar un negocio, un millón, otra empresa...? Ali sonrió con malicia.

Iba a hacerlo esperar.

Porque la presencia de Dante allí solo podía significar una cosa: que la necesitaba.

Pero ella no tenía pensado hacer su vida más sencilla, ni más tranquila, ni lo iba a ayudar a ganar más dinero.

Guardó la cámara con cuidado, se la colgó del hombro, recogió el resto de parafernalia, le dio un beso en la mejilla a Kiki y salió por la puerta trasera.

Era finales de septiembre y hacía buena temperatura, la noche era ruidosa y estaba impregnada por los olores que emanaban de todos los restaurantes de la calle.

Le rugió el estómago. Comería y se bebería una Coca-Cola bien fría en cuanto llegase a casa.

Entonces un Mercedes negro con conductor se

interpuso en su camino. La puerta se abrió y apareció Dante.

Con aquella camisa blanca, que realzaba su piel morena, y los pantalones sastre negros, parecía recién salido de la portada de una revista.

Su reloj, un Patek Philippe que su padre le había regalado cuando Dante había llegado a la junta directiva de Matta Steel, otra cosa más que su padre le había dado a él en vez de a ella, brilló cuando levantó la mano para sujetar la puerta.

–¿Estás huyendo otra vez, Alisha? –le preguntó él, esbozando una sonrisa.

Era el único que insistía en llamarla Alisha. Y lo hacía en tono de reproche.

Ali sintió resentimiento mientras él recorría con la mirada su camiseta de tirantes, los pantalones cortos de color verde, las chanclas, y volvía a subir al pelo recogido en un moño deshecho. Dante la miraba con desprecio, pero con tal intensidad que Ali no pudo evitar sentir calor.

Levantó la barbilla y le aguantó la mirada. Los ruidos de la calle fueron desapareciendo a su alrededor.

Ali se fijó en su nariz aristocrática, que le habían roto en la adolescencia, en la línea de su mandíbula, cubierta por una sombra oscura, en sus intensos ojos, en los hombros anchos y en aquella arrogancia que emanaba de todos los poros de su piel. Transmitía seguridad en sí mismo, tanto cuando estaba en la sala de juntas como fuera de ella.

Y su boca... El labio superior era delgado, parecía esculpido, y el inferior era mucho más grueso, era la única parte de su cuerpo que parecía suave, que hacía entrever la sensualidad oculta bajo aquella crueldad.

Ali tenía el corazón acelerado, tenía mucho calor. Lo miró a los ojos y se preguntó qué estaba haciendo. ¿Qué se estaba imaginando?

Se humedeció los labios secos con la punta de la lengua y consiguió decir:

–No tengo nada de qué hablar contigo ni quiero saber nada de ti.

Y recordó cómo había estado enamorada de él de niña. Todo lo que despreciaba de Dante era lo mismo que la atraía de él. Sabía que aquello era peligroso...

Él la agarró por la muñeca para impedir que se marchase.

Ali se zafó y lo vio apretar los labios un instante.

–Tengo que hacerte una propuesta que estoy seguro de que querrás escuchar.

Ella deseó poder decir algo que hiciese que se le cayese aquella careta. Deseó ser capaz de conseguir que aquel hombre arrogante se arrodillase ante sus pies. Se sorprendió a sí misma con semejante sed de sangre.

Siempre le había gustado saltarse las normas, pero sin llegar al punto de la autodestrucción. Y eso era lo que Dante la empujaba a hacer. Siempre.

En cierto momento, odiarlo había empezado a ser más importante que intentar acercarse a su padre y volver a conectar con Vikram.

Ya no.

«Eres un fastidio, Alisha. Te soporto por él, nada más que por él».

De repente, se sintió tranquila, decidida.

–¿Qué quieres de mí?

Él arqueó una ceja. Volvió a apretar ligeramente los labios. En un universo paralelo, Ali habría llegado a la conclusión de que le había molestado que diese por hecho que quería algo de ella, pero Ali lo conocía bien y sabía que Dante Vittori era incapaz de sentir emoción alguna.

–¿Por qué estás tan segura de que quiero algo de ti?

–Porque estás a miles de kilómetros de tu imperio y, que yo sepa, no tienes ninguna fábrica en esta zona. Salvo que hayas venido en busca de obra de mano barata, has venido a buscarme a mí.

–Siempre he sabido dónde estabas, Alisha.

Ella tragó saliva.

–Por mucho que intentes fingir que no hay ningún vínculo entre nosotros, por mucho que intentes huir, siempre serás su hija.

Ali tuvo que reconocer que Dante siempre le había sido leal a su padre; y que siempre lo sería. Por ese motivo, entendía que Dante quisiese saber qué hacía con su vida.

–No me interesa intercambiar insultos contigo –le dijo, y se le quebró la voz–. Ya no soy... no soy aquella Ali impulsiva y destructiva.

–Me alegro del cambio. Cenaremos juntos y no nos insultaremos esta noche.

–Que no vaya a insultarte no significa que quiera estar cerca de ti más de cinco minutos.

No quería estar cerca de él porque se sentía confundida y sentía atracción.

–Ah –dijo él, mirándose el reloj–. Acabamos de perder treinta segundos.

La miró fijamente a los ojos.

–Nunca he sido ni seré tu enemigo, Alisha.

Y con aquella frase la atracción que Ali sentía por él se hizo casi tangible. El odio era lo único que la hacía mantenerse fuerte.

–Para mí, comer es un placer del que no voy a poder disfrutar si estoy contigo –le replicó.

–Tengo algo que quieres. ¿Cuándo vas a aprender a guiarte por tus metas, no por tus emociones?

Aquello la hizo temblar.

–No todo el mundo es tan ambicioso, despiadado y cretino como tú –le respondió, incumpliendo su decisión de no insultarlo–. A ver, qué me quieres proponer.

–Tiene que ver con la obra benéfica de tu madre. No voy a decirte más. Mi chófer te recogerá a las seis para ir a cenar. Y, Alisha, vístete de manera apropiada. No vamos a cenar en la calle ni quiero que aparezcas medio desnuda, como la última vez.

Ella tampoco olvidaría jamás la fiesta con la que habían celebrado su dieciocho cumpleaños y el veintiocho de él.

–Sabía que eras arrogante, despiadado, manipulador, controlador, pero jamás pensé que también fueses un esnob –replicó.

–¿Porque quiero cenar civilizadamente en un lugar en el que no vayas a lanzarme cosas?

Otra mala noche. Otro mal recuerdo.

Había llegado el momento de cambiar la percepción que Dante tenía de ella.

–Una cena. Nada más.

–¿Por qué te molesta tanto tenerme cerca? –le preguntó él justo antes de que se alejase.

A ella le ardió la cara.

–No me molesta.

–¿No? ¿Por eso evitas la casa de tus padres y nunca vienes a Londres? Evitas a tu familia, a tus viejos amigos y vas de sitio en sitio como una nómada.

«Tú me quitaste todo lo que era mío», deseó contestar Ali, como habría hecho en el pasado, pero no sería la verdad.

Dante no le había quitado nada, su padre se lo había dado gustosamente. Dante no había roto su familia. La culpa había sido de su padre.

Pero Dante... Ali seguía sintiendo una mezcla de enfado y atracción hacia él.

–Esa mansión, incluso Londres, no han sido mi casa desde hace mucho tiempo.

Él volvió a sonreír.

–Es un alivio saber que tu vida no gira entorno al hecho de evitarme, entonces. Hasta esta noche.

Y se marchó antes de que a ella le diese tiempo a responderle. De camino a casa, Ali no logró deshacerse de aquella incómoda sensación de aprensión.

Dante y ella no se soportaban. ¿Por qué insistía este tanto en que cenasen juntos? ¿Y cómo iba a conseguir ella no poner en riesgo su dignidad?

Capítulo 2

COMO era de esperar, Dante no se había conformado con mandarle un mensaje con el nombre del hotel cuando le había dicho que se vistiera de manera adecuada para la ocasión, pensó Ali mientras el Mercedes negro sorteaba el tráfico para dejar atrás el bullicio de la ciudad.

Aunque, como Ali lo conocía desde los doce años, ya sabía cómo funcionaba Dante.

Era un hombre que esperaba, no, exigía siempre lo mejor de lo mejor. Tenía fama de ser perfeccionista con sus trabajadores, pero después nadie se quejaba porque recompensaba bien el trabajo duro y la ambición. En el pasado, Ali se había esforzado en encontrar motivos para odiarlo.

El lujoso Mercedes se detuvo en el patio de un complejo hotelero de cinco estrellas, con las bonitas vistas de los canales llenos de barcas del río Chao Phraya. Mak le había contado que el marisco que servían en aquel restaurante era para morirse.

Así que al menos iba a disfrutar de una cena deliciosa en un restaurante estupendo. Y le iba a demostrar a Dante que podía fingir que tenía clase y elegancia como la que más.

Se llevó una mano al estómago mientras salía

del coche para alisar el vestido ajustado de color rosa que se había puesto para la ocasión. Mientras estudiaba la impresionante fachada del hotel, aprovechó para mirarse ella también en el reflejo de las cristaleras.

Llevaba el pelo, que le llegaba a la cintura cual cortina de seda, recién lavado y suelto, y solo se había puesto una joya: una fina cadena de oro con un diamante minúsculo que desaparecía por debajo del pronunciado escote del vestido. El vestido de lino era barato, ya que no se podía permitir otra cosa, pero parecía caro y se ceñía a su cuerpo tonificado como si un diseñador se lo hubiese hecho a medida.

Además, el color rosa realzaba su piel morena y había permitido que Kiki la maquillase bien. Esa noche sería la Ali sofisticada y elegante que le había enseñado a ser su madre, aunque lo odiase.

Había echado un vistazo a las cuentas de la organización benéfica de su madre, pero esta seguía estando en números rojos y solo se podía salvar con una importante inyección de efectivo. Así que, si Dante tenía algo que decirle, lo escucharía. Se comportaría como si aquel fuese un encuentro profesional.

Los zapatos de tacón beige que se había puesto resonaron en el suelo de mármol de la entrada del restaurante, que estaba inundado por una luz ambarina y decorado en tonos crema. A Ali se le encogió el estómago al ver a Dante con la cabeza inclinada y el pelo negro brillando bajo la luz.

Agarró el bolso con fuerza y miró a su alrededor.

Las demás mesas estaban vacías. Se miró el reloj y vio que eran solo las siete.

El ambiente era demasiado íntimo. Era un escenario que se habría podido sacar de sus fantasías de adolescente, pero antes de que le diese tiempo a darse la media vuelta y salir corriendo de allí, la mirada oscura de Dante la atrapó.

Ella se puso recta y se esforzó en ir poniendo un pie delante del otro.

Él se levantó de la silla cuando Ali llegó al rincón en el que estaba sentado. Se había quitado la camisa blanca y se había puesto una gris que realzaba sus ojos. Estaba recién afeitado y todavía tenía el pelo húmedo. Estaba tan... guapo. Aunque la palabra guapo no fuese la adecuada para un hombre tan masculino como Dante.

El olor de su aftershave era sutil, pero, combinado con el calor de su piel, hizo que penetrase en los poros de Ali. Todas las células de su cuerpo cobraron vida.

–¿Dónde está todo el mundo?

–¿Todo el mundo? –repitió él.

Ali se dejó caer en una silla y se llevó la mano al estómago.

–Sí, la gente. Otros homo sapiens dispuestos a degustar la deliciosa comida que me han dicho que sirven aquí.

Él la miró muy serio.

Ali se ruborizó, se pasó los dedos por el pelo.

–¿Qué?

Dante recorrió con la mirada su rostro, su pelo, el escote, pero no bajó más.

–Te has puesto muy guapa.

–Ah –fue lo único que pudo responder Ali, apartando la mirada y dejando el bolso a un lado.

Él se tomó su tiempo antes de sentarse, no lo hizo enfrente de Ali, sino a su izquierda. Ella se apartó para no tocarlo.

–Como te vayas más lejos te vas a caer de la silla. ¿Por qué estás tan nerviosa?

Alí se quedó inmóvil y se agarró las manos sobre el regazo.

–No estoy nerviosa.

–¿No?

Su acento se hacía más pronunciado cuando se ponía sentimental. Ali se había dado cuenta de aquello mucho tiempo atrás. Se recompuso y lo miró a los ojos. ¿Era posible que Dante no supiese el motivo por el que se sentía así cuando lo tenía cerca? ¿No sentía cómo cambiaba el ambiente cuando estaban juntos, la tensión, las miradas...? ¿Era ella la única que sentía tanto?

Aunque no quería que Dante se sintiese atraído por ella. Se estremeció.

–Si estás nerviosa es porque me tienes algo preparado. Una sorpresa.

Así que aquello era lo que pensaba. Ali cerró los ojos y contó hasta diez. No le extrañó que Dante pensase aquello, no habría sido la primera vez que se portaba mal con él.

Años atrás, había encendido bengalas en su habitación y le había agujereado el último traje que le había comprado su padre. Y había estado a punto de incendiar toda la casa.

Además, también había hecho añicos con un martillo sus nuevos gemelos, que Vikram le había regalado.

Por no mencionar aquellos importantes documentos que había roto...

Cuando Dante había llevado a su novia a casa, para que la conociera su padre... Y todo aquello no era ni la mitad de lo que había hecho para demostrarle cuánto lo odiaba.

Se aclaró la garganta.

—Ya te he dicho que he cambiado.

Él arqueó una ceja y ella suspiró.

—No sabía dónde íbamos a cenar. ¿Cómo iba a prepararte una sorpresa? Es solo que me ha extrañado que no hubiese nadie más.

—Le pedí a mi secretaria que reservase todo el restaurante para nosotros.

Ali se quedó boquiabierta y él se encogió de hombros.

—Por si montabas una escena en público, cosa que, teniendo en cuenta lo que conozco de ti, era bastante probable.

—Te entiendo —admitió ella.

Y entonces, por suerte, llegó el maître.

—Una botella de nuestro mejor vino blanco y una ensalada de gambas.

Ali levantó la barbilla.

—No quiero gambas.

—¿No?

Dante volvió a tocar su muñeca y Ali apartó la mano rápidamente.

Él apretó los dientes y le brillaron los ojos.

−¿Ni siquiera sabiendo que es la especialidad de este restaurante y teniendo en cuenta que se te ha escapado un gemido al ver este plato en la carta?

A ella le ardió el rostro y se le aceleró el corazón. Clavó la vista en la carta, se le nubló la vista, no podía estar más tensa.

−¿Señora? −le dijo el maître sonriendo−. Si no quiere lo que ha pedido el señor Vittori, puedo hacerle alguna sugerencia.

−No.

Ali respiró hondo. No era culpa de aquel pobre hombre que Dante estuviese jugando con ella.

−Me tomaré la ensalada, gracias.

Y cuando el maître se hubo marchado, le dijo a Dante:

−No vuelvas a hacerlo.

«No me manipules, no vuelvas a mi vida».

Este se echó hacia atrás, sin apartar la mirada de ella.

−Pues no me lo pongas tan fácil.

Antes de que a Ali le diese tiempo a elaborar una respuesta, Dante dejó una caja rectangular de terciopelo encima de la mesa.

−¿Y eso qué es?

−Ábrela.

Ali la abrió y vio un delicado collar de oro blanco con diamantes engarzados en flores que hizo que se le cortase la respiración. Lo tocó con las puntas de los dedos, con el pecho encogido, como si pudiese sentir en él el amor de la mujer que había sido su dueña.

Vender aquel collar de su madre había sido una

de las cosas más duras que había hecho en toda su vida.

Tomó la caja y la agarró con tal fuerza que se le pusieron blancos los nudillos.

Dante había empezado hablándole de la organización benéfica de su madre, y había continuado con el collar. Y era un hombre que siempre hacía las cosas por un motivo. La odiaba tanto como ella a él, pero la había buscado. A Ali se le erizó el vello de la nuca.

–¿Por qué tienes esto? ¿Qué es lo que quieres, Dante?

Él la miró a los ojos marrones, llenos de lágrimas, y se le hizo un nudo en la garganta.

Era una sensación que había tenido muchas veces en Sicilia, de adolescente, cuando los otros chicos lo habían insultado y pegado por culpa de su padre.

Aquello había hecho que tomase la determinación de ser alguien en la vida, de ser fuerte para que nadie pudiese controlarlo, mucho menos una mujer.

Pero al ver la emoción en el rostro de Alisha al tocar el collar de su madre, se le había quebrado la coraza.

Al leer los informes acerca de Alisha, le había sorprendido descubrir que esta había viajado a Londres en varias ocasiones durante los últimos cinco años.

Había viajado a Londres para intentar solucionar los problemas de la organización benéfica de su madre. Incluso había organizado una gala para recaudar dinero. Dante había buscado su punto débil y lo había encontrado.

No quería quitarle nada a Alisha, todo lo contrario, quería darle lo que quería a cambio de lo que deseaba él.

Alisha lo había odiado desde que había ido a vivir con su padre, Neel. Y siempre había despertado en él una reacción que nadie más había conseguido suscitar.

Pero eso había sido antes de todos los cambios que Alisha había sufrido en los seis últimos años.

Unas horas antes, al verla en aquel callejón con la camiseta de tirantes blanca pegada a los pechos, los pantalones cortos que dejaban al descubierto sus largas piernas, los sensuales movimientos de su mano al apartarse el pelo de la cara...

Su gesto de sorpresa, cómo lo había devorado con la mirada, recorriéndolo de arriba abajo...

Pero era la hija de Neel.

Era algo prohibido para él. Y no solo porque fuese a quitarle lo poco que le quedaba del legado de su padre, sino porque en todo lo que Dante tenía pensado poner en marcha, Alisha iba a ser una variable. Y la atracción que sentía por ella era una debilidad que no se podía permitir. En su vida, las mujeres solo podían ocupar dos lugares: compañeras, como Izzy y un par más, mujeres a las que respetaba, que le caían bien; y amantes, con las que se acostaban, que sabían lo que había y no le pedían nada más.

Alisha no encajaba en ninguno de aquellos dos grupos.

–¿Dante? ¿Se puede saber por qué tienes el collar de mi madre?

–Se lo compré al tipo al que se lo vendiste tú –comentó, todavía afectado por sus lágrimas porque era la primera vez que la veía tan frágil–. Pensé que te gustaría tenerlo y veo que he acertado. ¿Por qué lo vendiste?

Ella clavó la mirada en la caja antes de responder.

–Para comprarme un par de zapatos de Jimmy Choo.

–No seas frívola, Alisha. Nunca he entendido por qué estabas tan empeñada en ser tu peor enemiga.

–No sé de qué estás hablando. ¿Solo me has invitado a cenar para hablarme de mis defectos?

Él se obligó a apartar la mirada de sus labios. Alisha se estaba mordiendo el inferior y a él aquello le resultaba fascinante. De repente, todo en ella le parecía fascinante. Y todo lo distraía.

–Sé que la organización benéfica de tu madre no va bien. ¿Por qué no me has pedido ayuda?

–¿Que por qué no te he pedido ayuda? –repitió ella, volviendo a ponerse combativa.

Dante prefería verla así que vulnerable.

Ella se echó a reír.

–¿Tú me conoces? ¿Te conoces a ti mismo?

Dante sonrió muy a su pesar.

Se le había olvidado lo ingeniosa que podía llegar a ser Alisha, que siempre se echaba a reír, en cualquier situación, que había alegrado la casa familiar cuando, tras la muerte de su madre, había ido a vivir con Neel, incluso a pesar de sus berrinches. A pesar del dolor que había en sus tristes ojos, siempre había estado llena de vida, ya había tenido un carácter fuerte con doce años.

Era cierto que él nunca se había acercado a ella, pero cuando había empezado a crecer y a convertirse en adolescente, había tenido la sensación de que el odio que sentía por él había aumentado también. Y cuanto más había intentado él mediar en la relación entre ella y su padre, más resentimiento había mostrado Alisha hacia él.

La vio clavar la mirada en sus labios un instante y se puso tenso.

—Me moriría de hambre antes de aceptar nada de la empresa. Ni de ti.

Dante ya había esperado aquella respuesta.

—¿Para qué necesitabas el dinero?

—Si sabes que vendí el collar, y a quién, ya conocerás el motivo. No te hagas el tonto.

El camarero les llevó la cena y ella le dio las gracias.

Comió con la misma intensidad con la que parecía atacarlo todo en la vida.

Dante no tenía mucho apetito, sobre todo, por el jet lag. La vio beber el vino y pasarse la lengua por los labios.

Y deseó pasar su lengua por ellos también.

No pudo evitarlo. Enterró los dedos en su pelo y juró entre dientes.

No había imaginado que Alisha iba a estar tan guapa. Ni que iba a sentirse tan atraído por ella.

Tomó la copa de vino y lo hizo girar en ella.

Deseaba pasar los dedos por la piel de sus hombros, para ver si era tan suave como parecía. Deseaba tocar su cuello, hundir las manos en su pelo y atraerla hacia él, apretarla contra su cuerpo y...

Ali dejó la cuchara y el tenedor y dio otro sorbo a su copa de vino. Después se echó hacia atrás en la silla, levantó la cabeza para mirar hacia el techo y suspiró.

Y Dante pensó que aquello había sido suficiente. Tenía que reconducir la conversación.

—Cuéntame qué has estado haciendo estos últimos años —le pidió.

Aquello pareció sorprenderla tanto como a él.

—Además de vivir como una indigente y de viajar de aquí para allá cada pocos meses.

Ella se encogió de hombros y él se fijó en la fina cadena de oro que llevaba al cuello, y en el colgante que brillaba entre sus pechos, jugando al escondite con él.

—No hace falta que finjas interés, Dante. Ya no.

—Eres su hija. Siempre me ha interesado lo que hacías con tu vida. Hasta que me di cuenta de que mi interés solo te llevaba hacia la destrucción.

—Eso es agua pasada —le respondió ella, dejando la servilleta encima de la mesa y esbozando una falsa sonrisa—. Gracias por la cena. Ha sido todo un regalo, a pesar de la compañía. Y, mejor pensado, gracias también por haber comprado el collar de mi madre.

Tomó la caja de terciopelo y la colocó debajo de su bolso, que estaba en la mesa.

—Debes de conocerme muy bien para saber que iba a gustarme mucho el regalo.

–Vas a venderlo otra vez, ¿verdad?

–Sí.

–Pero eso solo te va a solucionar un mes. He visto las cifras, Alisha. La organización estará en números rojos el mes que viene.

Ella apretó los labios.

–Ya encontraré una solución. Siempre lo hago.

–También podrías pedirme ayuda.

–Ya te he dicho que no quiero tu dinero. Ni el de la empresa ni el de papá. Tengo que hacer esto sola.

–¿La casa en la que está la sede de la organización significa tanto para ti?

–Sí. Es el lugar en el que creció mamá. Y yo pasé mucho tiempo allí con ella, algunos de los momentos más felices de mi niñez.

–Si de verdad quieres salvar la casa, tendrás que dejar atrás el resentimiento y aceptar mi ayuda.

–¿Y qué voy a tener que hacer a cambio?

–Casarte conmigo.

Capítulo 3

«CASARME con Dante...».

Ali se quedó pensando en aquella frase, repitiéndola en su cabeza una y otra vez.

Dante, con quien volvía a ser la chica solitaria que había ido a vivir con su padre, siempre distante, y su distraído hermano después de la muerte repentina de su madre.

Con Dante siempre sería la peor versión de sí misma.

Sintió pánico. Lo que menos necesitaba en la vida era casarse con Dante. Sería como juntar todas las malas decisiones que había tomado en la vida en una enorme que la perseguiría durante el resto de sus días. Se le escapó una carcajada histérica.

—¿Alisha?

Lo miró a los ojos, se puso en pie, tomó su bolso y se giró.

—Te has vuelto loco.

—Alisha, espera.

—No.

No quería oír más. No quería que Dante la engatusara.

Era un maestro de la estrategia y si la había bus-

cado y había ido hasta allí a verla, era porque sabía
cómo convencerla. Así que tenía que huir antes de
que aquello ocurriese. Antes de que sus vidas se
complicasen todavía más. Antes de que se traicio-
nase a sí misma en el peor modo posible.

–¡Alisha, para! –exclamó él, agarrándola por la
muñeca.

Ella, que ya estaba dispuesta a salir corriendo, se
torció el tobillo y sintió un dolor agudo que la obligó
a inclinarse hacia atrás, hacia él.

«Cuando una fuerza imparable choca contra un
objeto inmóvil...», pensó.

–¿Qué es lo que ocurre cuando chocan, Alisha?
¿Cuál de los dos se destruye?

El mundo dejó de girar y ella se dio cuenta de que
había pensado en voz alta.

Su olor y su calor la invadieron. Dante tenía las
piernas separadas y la sujetaba con fuerza. Ella tenía la espalda apoyada en su pecho. Respiró hondo
y al espirar, la parte inferior de sus pechos tocó el
brazo de Dante. Notó su aliento en la nuca y aquello empeoró la situación. No era posible que estuviese sintiendo placer.

Sintió que le pesaban las piernas. Quería dejarse
caer completamente sobre él y apoyar el trasero en
sus caderas. Quería sentir todo su cuerpo, de la cabeza a los pies, quería frotarse contra él hasta exci-
tarlo tanto como estaba ella. Hasta conseguir fundir
aquel acero del que estaba hecho.

Como si le hubiese leído el pensamiento, Dante
apoyó una mano en su cadera para sujetarla, para
impedir que se apoyase más en él.

Ali gimió, desesperada. ¿Por qué tenía que ocurrirle aquello?

–Porque no piensas antes de actuar –le susurró él al oído.

Perfecto, al parecer, había vuelto a pensar en voz alta.

–Eres impulsiva y, si no te hubiese sujetado, te habrías caído de frente.

–Besar el suelo no me parece mala alternativa –replicó ella con voz ronca.

–¿Te sentarás a escucharme si te suelto?

Ella lo agarró por la muñeca instintivamente.

Abrió los ojos y tragó saliva. Dante se había quitado los gemelos y se había remangado la camisa un rato antes, así que tocó su piel velluda, la acarició, recorrió las venas que había en el dorso de su mano...

Y él tomó aire y juró entre dientes, sacándola de aquel momento de ensoñación.

Ali bajó la barbilla.

–No, no quiero escucharte. Y no quiero tenerte cerca, ni ahora ni en el futuro.

La vulnerabilidad, la necesidad de conectar más profundamente con su pasado, con cualquier persona relacionada con este, la invadieron.

Si aceptaba, lo que ocurriría sería que cada mirada, cada roce de su piel, irían causándole mella; la línea que separaba el deseo del odio, la realidad de la fantasía, se desdibujaría... y entonces ella lo atacaría, con uñas y dientes, solo para no venirse abajo. O cedería ante aquel inexplicable anhelo que Dante le había hecho sentir durante tanto tiempo.

La tensión de su cuerpo desapareció y se apoyó

en su pecho. Durante cinco segundos, se permitió ser débil y vulnerable.

Él la abrazó de manera cariñosa, con ternura... y Ali no lo pudo soportar. Reaccionó.

Se zafó de él, que la soltó al instante.

Ella se apartó el pelo del rostro e intentó recuperar la compostura. Tomó un vaso de agua fría que la ayudó a volver a la realidad. Dante se sentó, ella se tranquilizó y lo miró de nuevo.

–Dime por qué.

–Vikram ha sido declarado legalmente muerto –respondió, clavando en ella sus ojos grises.

Ali apartó la vista.

Dante sabía lo que su hermano había significado para ella. La había visto sufrir aquella noche y aquello era algo que Ali no podía obviar. Aquella confusa relación entre Dante y ella era lo único que le quedaba de su pasado. Y, por mucho que corriese, jamás podría escapar de ella.

–¿Y?

–Tu tío va a intentar quedarse con sus acciones con derecho a voto y es posible que lo consiga. A mí me gustaría aplastar su pequeña rebelión lo más rápidamente posible. Tengo en mente una fusión muy importante con una empresa japonesa y necesito concentrar toda mi energía en eso. Hay miles de puestos de trabajo en juego.

Su tío había propiciado la separación de sus padres, aunque Ali sabía que había sido su padre el que había tomado la decisión de romper.

La culpa la había tenido la ambición de su padre. Sus ansias de éxito.

Las mismas que tenía el atractivo hombre que tenía sentado enfrente.

–Nunca me había dado cuenta de lo mucho que te parecías a papá. Mucho más que Vikram.

–Vikram siempre trazó su propio camino.

Ella asintió, la muerte de su hermano seguía encogiéndole el corazón. Al menos de aquello no le podía echar la culpa a Dante. Su hermano había sido un genio que jamás había sentido interés por la empresa de su padre.

–Si me caso contigo, te traspasaré mis acciones y dará igual adónde vayan a parar las de Vikram. Podrás seguir al frente de Matta Steel.

Ni siquiera ella podía negar que Dante había hecho crecer exponencialmente la empresa desde la muerte de su padre.

–Sí. Y seguirías cumpliendo tu promesa de no aceptar absolutamente nada de la fortuna de tu padre, ya que esas acciones son tuyas gracias a tu madre. En realidad, no tienen mucho valor económico, ya que no se pueden vender ni traspasar a nadie fuera del matrimonio. Así que para ti es un buen negocio.

Dante tenía una respuesta para todo.

–¿Y qué recibiré a cambio? –le preguntó Ali.

–Todo el dinero que quieras tirar por la ventana de la Lonely Hearts Foundation.

A Ali no le gustó el comentario, pero prefirió no entrar a discutir.

–¿Todo el dinero que yo quiera?

–La cantidad que acordemos, sí.

–Quiero un cheque de tu fortuna personal –le

dijo ella, decidida a exprimirlo lo máximo posible–.
Si es que accedo.

A él le brillaron los ojos y sonrió, seguro de haber conseguido lo que quería.

–*Bene* –respondió, asintiendo–. De mi fortuna personal.

Le pidiese lo que le pidiese, sería como una gota de agua en el océano para él.

–No podremos anular ni terminar el matrimonio durante tres años. Firmaremos un acuerdo prenupcial. Y, después de esos tres años, recibirás una importante cantidad de dinero.

–No quiero dinero. Y no...

–No seas tonta, Alisha. Una cosa es rechazar tu herencia con dieciocho años y otra...

–Y no pienso firmar ningún acuerdo prenupcial.

Las arrogantes facciones de Dante mostraron sorpresa.

Si Ali había esperado hacerlo saltar, que diese rienda suelta a su infame temperamento siciliano, no lo consiguió. Solo lo traicionó un instante su mandíbula.

Pero Ali acababa de darse cuenta de lo mucho que necesitaba sentir que tenía algún control sobre aquella situación. Era la única manera de que aquello funcionase, no dándole a Dante todo lo que quería.

–¿Por qué no quieres firmar el acuerdo prenupcial? Solo servirá para asignarte una cantidad de dinero que sé que no vas a tocar.

Ella sonrió, se estaba divirtiendo mucho.

–¿Estás elogiando mis principios?

–Si piensas que pasarse la vida haciendo el payaso y huyendo de tu propia sombra es tener principios, allá tú. Para mí no es más que una infantil sed de venganza que deberías superar. Todavía estoy esperando a que despiertes de ese sueño tuyo y vuelvas a la realidad.

Tomó aire antes de continuar.

–Conozco a muchas princesas mimadas como tú. Algún día, volverás a tu vida anterior, llena de lujos, con el rabo entre las piernas. Porque, dime, ¿qué has hecho en los seis últimos años además de vender las joyas de tu madre? Firma el acuerdo prenupcial y así, cuando llegue el día, me lo agradecerás por haberte dado la opción.

Dante no se había andado con rodeos, pero ella siguió sonriendo.

A pesar de que sus palabras le habían dolido mucho más de lo debido. Había sentido aquella misma falta de respeto, aquella exagerada muestra de paciencia en los ojos de su padre el día antes de su dieciocho cumpleaños.

Pero, aunque fuese lo último que hiciese en la vida, Ali estaba dispuesta a cambiar la opinión que Dante tenía de ella.

No porque desease su aprobación, o sí, sino porque quería demostrarle que estaba equivocado. Necesitaba bajarle un poco los humos. Le iba a hacer un favor a todas las mujeres del planeta.

Además, necesitaba zanjar de algún modo aquella dolorosa historia que había entre ambos. Deseaba que llegase el día en que pudiese mirarlo a los ojos y no sentir nada.

Ni atracción, ni dolor, ni ningún tipo de conexión emocional.

–No. No quiero acuerdo prenupcial. No olvidemos que voy a hacerte un favor. Sé que estás acostumbrado a que la gente se incline ante ti, pero yo...

Él la fulminó con la mirada.

–¿De verdad me vas a amenazar con lo que puedo o no puedo hacer contigo, Alisha?

La temperatura subió en tan solo un instante. Ali se imaginó obedeciendo sus órdenes, con sus piernas entrelazadas con las de él... el calor que había entre ambos era casi tangible.

¿Lo sentía él también?

«Márchate, Ali. Vete antes de que te sientas demasiado tentada como para resistirte».

Pero la posibilidad de salvar la fundación que tanto había significado para su madre, la idea de volver a Londres, de echar raíces durante un tiempo y de demostrarle a Dante que no estaba abocada al fracaso pesaron más.

–Quiero tu palabra de que es un acuerdo solo en papel, que no vas a utilizarlo para manipularme ni para controlar mi vida.

Él le agarró la muñeca y le dijo con fuerte acento italiano:

–Ni se te ocurra intentar jugar conmigo como lo hacías con tu padre, Alisha. No permitiré que manches mi nombre como hiciste con el suyo. No se te ocurra aparecer en los medios de comunicación acompañada de un exdrogadicto. Ni vayas con otros hombres a mis espaldas. Al menos, mientras estés en Londres.

–Como no tengas cuidado con tus amenazas, va a parecer que eres mi prometido de verdad, Dante –respondió ella, sabiendo que podía cumplir sus condiciones.

Como ya le había dicho, la época en la que había hecho lo posible por fastidiarlo había pasado.

Pero no permitiría que Dante tuviese todo el poder en aquella relación.

–Vamos a dejar las cosas claras. Si yo no estoy con ningún hombre en tres años, ¿vas a hacer tú lo mismo? ¿Vas a guardar el celibato durante tres años?

–Yo no seré motivo de escándalo, te lo aseguro.

–No has respondido a mi pregunta.

–Mi nombre, mi reputación... es lo más importante para mí, Alisha. Los he levantado de la nada, lejos de la sombra del crimen que cometió mi padre. Soy un hombre hecho a sí mismo después de haberlo perdido todo en cuestión de días.

La intensidad de sus palabras hizo que Ali se estremeciese.

–Si incumples las reglas tu organización se quedará sin financiación.

Capítulo 4

ALI LLEGABA tarde.
Por supuesto. La culpa era suya, que había dado por hecho que Alisha iba a dejar de causarle problemas. Tenía que haberla acompañado a casa y haberla llevado él mismo hasta el avión.

En su lugar, le había dado un par de días para que se hiciese a la idea y se los había dado a sí mismo también para poder pensar con claridad. Para reflexionar acerca de sus exigencias. La primera, que le avanzase diez mil libras como primer pago.

Su abogado le había advertido que estaba corriendo un enorme riesgo al casarse con ella sin contrato prenupcial. Y eso que no conocía a Alisha.

Pero, a pesar de las advertencias de su abogado, Dante no pensaba que Alisha fuese capaz de utilizar aquel matrimonio para hacerse rica. Ni se la imaginaba litigando por su dinero. De lo que sí la creía capaz era de arruinar su reputación.

La idea de tenerla cerca lo ponía nervioso y se dio cuenta de que, hasta entonces, debía de haber tenido una vida muy aburrida.

La había llamado princesa mimada y rebelde, pero estaba empezando a cuestionarse aquello. Según tenía entendido, trabajaba ocasionalmente de camarera. Y llevaba así más de cinco años.

El sentido común le decía que no iba a intentar hacerse con su fortuna. Ni con Matta Steel.

En cualquier caso, él estaba decidido a mantener el control de la situación.

Si Alisha pensaba que le iba a dar semejante cantidad de dinero sin hacerle preguntas, que iba a poder jugar con él y hacer lo que se le antojase en Londres, que estar casada con él iba a ser solo un arma que iba a poder utilizar en su contra...

Había llegado el momento de dejar claras las normas del juego. Dante se negaba a llamar a aquello matrimonio, se negaba a sentirse mal por lo que iba a hacer.

Por eso había decidido esperarla en Bangkok y volar con ella de vuelta a Londres. Estaba seguro de que la prensa se iba interesar por el tema y, en cuanto anunciasen que se habían casado, la noticia de la ceremonia íntima ocuparía páginas de revistas durante al menos un par de semanas, pero a Dante aquello le daba igual.

El acuerdo que tenía con Alisha sí que era importante. Y esta debía entender que era esencial que se comportase como debía durante los siguientes meses.

Dante sabía que Alisha no respondía bien a las amenazas, así que tendría que encontrar la manera de llevársela a su terreno, de hacerla cooperar.

Y tenía claro que no podía castigarla por sentirse atraído por ella. Por mucho que supiese que en el pasado a ella también le había gustado él, se negaba a explorar aquella vía.

Después de una hora, salió del coche. El viento hizo que le zumbasen los oídos y se puso las gafas de sol a pesar de que todavía no había amanecido en aquel frío día de finales de septiembre.

La paciencia nunca había sido una de sus virtudes y tenía la sensación de que, durante los siguientes meses, lo iban a llevar al límite. Estaba seguro de que en un par de meses con Alisha estaría al borde de la locura.

Continuó esperando y estaba a punto de llamarla cuando vio llegar a la pista una caravana de coches de colores en diferentes estados de deterioro.

Se echó a reír. Nadie lo hacía reír como Alisha, ni ponía a prueba su paciencia como ella.

La caravana se detuvo y un número indeterminado de personas empezó a salir de los tres coches. Abrieron los maleteros y sacaron maletas de diferentes colores y tamaños.

Entonces, vestida de nuevo con pantalones demasiado cortos y un jersey que le llegaba a los muslos, salió Alisha del tercer coche, con la bolsa de la cámara de fotos colgada del hombro.

Llevaba el pelo recogido en un moño informal e iba calzada con unas botas de estilo militar.

Tampoco parecía ir maquillada. De hecho, parecía recién levantada de la cama, inocente y tan guapa que a Dante se le hizo un nudo en el estómago.

Alisha brillaba en medio del grupo como el sol sobre un campo de girasoles, todo el mundo la miraba con verdadero afecto, hombres y mujeres la abrazaban y la besaban en las mejillas. Dante vio con incredulidad cómo a Alisha se le llenaban los ojos de lágrimas al abrazar a un hombre llamado Mak.

Entonces sus miradas se cruzaron y todo el mundo miró hacia él. En vez de con sorpresa o curiosidad, lo miraron como si lo conociesen, como si Alisha les hubiese hablado de él.

Y, por primera vez desde que la conocía, Dante se preguntó qué pensaría Alisha de él. Qué había detrás de todo aquel resentimiento que sentía por él. ¿Pensaba Alisha que él le había robado su legado?

La vio apartarse del grupo y contuvo la respiración. Su olor lo invadió y Dante sintió el impulso de enterrar la nariz en su cuello.

—¿Tienes ya el dinero?

—Las diez mil libras, sí —respondió él con cautela.

Alisha se sacó un sobre del bolsillo trasero de los pantalones.

—Por favor, haz que lo transfieran a este número de cuenta.

Él miró el papel y arqueó las cejas.

—¿De quién es la cuenta?

—De Kiki y Mak —respondió ella, suspirando al ver que Dante guardaba silencio—. No puedes decirme cómo debo utilizar el dinero. No puedes intentar controlar mi vida.

—¿No estarás haciendo esto para fastidiarme, verdad?

Ella puso los ojos en blanco.

—No. Aunque tengas motivos para pensarlo, no pretendo fastidiarte.

Dante dio un paso hacia ella.

–¿Te están chantajeando? Sea lo que sea, yo me encargaré. Cuéntamelo, Alisha. ¿Tiene que ver con drogas? ¿Tienen fotografías tuyas desnuda?

–¿Fotografías mías desnuda?

Alisha parecía tan sorprendida que a Dante le costó seguir hablando.

–¿Quién piensas que se ocupó de la estrella de rock que quiso vender tus fotografías a la prensa?

Ella frunció el ceño.

–¿Richard amenazó con vender fotografías mías? ¿Tú las viste?

–Por supuesto que no, no las miré –replicó él–, pero nos dio pruebas de que eran tuyas.

Dante se pasó una mano por el pelo, aquella había sido la única vez en su vida en la que había perdido el control y le había dado un puñetazo a otro hombre.

Vikram había tenido que sujetarlo.

–¿Y le pagaste?

–Yo no respondo bien a las amenazas, me pasa como a ti. Me dio un *pen drive* con las fotografías y lo rompí al instante con un pisapapeles.

La risa de Alisha fue amarga.

–Veo que no me tienes en alta estima –respondió–. Mak y Kiki jamás me chantajearían. El primer año que estuve aquí no pagué absolutamente nada. Ni alojamiento ni comida. Así que, les pague lo que les pague es poco en comparación con lo que ellos hicieron por mí.

–Portarse bien con una heredera no tiene ningún mérito. Uno sabe que antes o después va a ser recompensado.

Alisha levantó la barbilla, había dolor en su mirada.

Dante le había hecho daño y se le encogió el pecho al darse cuenta.

—No saben quién soy, Dante. No lo sabían hasta que apareciste tú la semana pasada.

—Alisha, yo no...

—Y si vas a decir una tontería, como que no he ganado ese dinero yo y no debo darlo a otras personas, ya te digo que te equivocas. Mamá se ganó a pulso esas acciones. Perdió a papá por la maldita empresa y lo único que consiguió a cambio fueron esas acciones. Y, ¿sabes qué? Yo también me las he ganado porque tenía que haber crecido con mi padre, mi madre y mi hermano, en la misma casa. No tenía por qué haberme preguntado por qué mi padre venía tan poco a verme. Ni Vikram tenía que haberse preguntado por qué mamá lo había dejado con papá. Ni yo tenía que haberme preguntado por qué había hecho falta que mamá muriese para poder ir a vivir con él.

Alisha respiraba con dificultad.

—Me he ganado esas acciones, Dante. Y quiero que algo bueno salga de ese acuerdo que voy a firmar contigo. Algo que me compense cuando, en los próximos meses, tú me saques de quicio. Ese dinero servirá de entrada para un negocio que Mak y Kiki quieren montar —le explicó—. Ellos me acogieron con los brazos abiertos cuando yo estaba desesperada por encontrar amigos, cuando necesitaba que alguien me quisiera.

La vulnerabilidad de sus palabras lo golpeó con fuerza y Dante se sintió impotente.

«Ya no soy la Ali impulsiva y destructiva».

Recordó las palabras que esta le había dicho una semana antes mientras la veía subir al avión. Tal vez ya no fuese la Alisha que él había conocido, aunque, que él supiera, la gente no solía cambiar.

La Alisha irresponsable no habría ido a Londres tres veces para intentar salvar la organización benéfica de su madre.

La Alisha mimada no habría vivido en el anonimato pudiendo vivir de su padre.

Tal vez él no conociese a la verdadera Alisha.

Tal vez no supiese nada de la mujer con la que se iba a casar.

Capítulo 5

ALI SUBIÓ al avión y se sorprendió del lujo que la rodeaba. Cada momento que pasaba con Dante era una vuelta al pasado, y a todas las decisiones equivocadas que había tomado sintiéndose enfadada y dolida.

En cuanto había bajado del coche había sido consciente de que Dante la observaba. Su silencioso escrutinio, su manera de devorarla con la mirada, hacían que le picase la piel. Su esperanza de que la atracción que había sentido en el restaurante no hubiese existido en realidad se estaba empezando a desvanecer.

Incluso rodeada de amigos, y todavía no creía que hubiesen ido a despedirla tantos, había sido consciente de su presencia.

Era como si hubiese desarrollado un sentido más. Un sexto sentido que la hacía estar en sintonía con cada movimiento, cada mirada, cada aliento de Dante. Y tenían por delante doce horas de vuelo en un avión bastante pequeño.

Acalorada y nerviosa, tiró del dobladillo del jersey y se lo quitó en un rápido movimiento.

Dante también se quitó la chaqueta y ella no

pudo evitar observarlo. Esa mañana no iba vestido de traje, sino con un polo azul claro que resaltaba sus ojos.

Si la palabra virilidad hubiese ido acompañada de una fotografía en el diccionario, la de Dante habría sido perfecta.

Ali vio sus bíceps y los antebrazos cubiertos de vello oscuro y se le encogió el estómago. Los pantalones vaqueros se le pegaban a las caderas y a los fuertes muslos. Ali suspiró y después respiró hondo. Aquel iba a ser un viaje muy largo. No soportaba tenerlo tan cerca, sentirse atraída por él, respirar su olor.

Y el problema era que quería más.

No era solo atracción física.

Cuando se había ido a vivir con su padre tras la muerte de su madre, Dante la había impresionado.

Había sido un chico serio, pensativo, muy guapo y, lo peor, había estado muy unido a su padre, cosa que ella había necesitado desesperadamente, pero que jamás había conseguido. Su padre siempre había mirado con orgullo a su protegido.

Con trece años, Ali había estado muy perdida y con las hormonas revolucionadas, y Dante había sido un héroe, el hijo perfecto que había conseguido todo lo que ella había deseado. El hombre más seguro de sí mismo, poderoso y guapo que había conocido jamás. Y ella se había marchado de Londres cinco años antes porque se había sentido perdida y dolida, harta de las desigualdades que había en su relación.

Pero, al parecer, nada había cambiado.

Se preguntó si su relación siempre sería aquella. Levantó la vista y se dio cuenta de que Dante la estaba mirando.

—¿Qué? ¿Por qué me miras mal?

—¿Por qué te miro mal? ¿Qué edad tenemos, seis años?

—Yo podría tener seis. Tú... ¿cuántos tienes ahora, ciento treinta?

—¿Soy viejo porque no hablo ni me comporto como un niño? ¿Porque soy puntual?

—No, eres viejo porque... Probablemente ya nacieses sin sentido del humor y con un concepto exagerado de tu propia importancia.

Dante arqueó una ceja.

Ella sintió calor en la nuca.

—Está bien, he llegado dos horas tarde, pero lo cierto es que no me arrepiento. Ya te dije que a las siete de la mañana no iba a poder llegar, pero tú te empeñaste. Habíamos planeado la fiesta de cumpleaños de Kiki hace cuatro meses y tenía que ser esta mañana.

—¿No podía ser anoche?

—Kiki trabaja de noche. Así que si has tenido que esperar dos horas ha sido culpa tuya. Ya te lo advertí, no vas a ser tú quién ponga siempre las normas. Vas a tener que empezar a tratarme como a un adulto.

—*Bene*. Siempre y cuando te comportes como tal.

—Bien.

—Ahora que ya hemos solucionado eso, me gustaría hablar contigo de algunas cosas.

Ali se cruzó de brazos y levantó la barbilla.

–De acuerdo, pero antes necesito comer algo, no he desayunado todavía.

–No me extraña que estés hecha un saco de huesos.

–Siento no tener las curvas necesarias para encajar en tus estándares.

Él suspiró.

Ali arrugó la nariz.

–El hambre me pone de mal humor.

Dante hizo una mueca.

–¿Es eso una disculpa?

–Más o menos.

Él asintió y, como por arte de magia, apareció la azafata con una bandeja.

Ali se comió el cuenco de pasta con salsa de vino blanco. El ruido de los cubiertos de plata fue lo único que rompió el silencio durante los siguientes minutos. Entonces Ali se dio cuenta de que Dante la estaba mirando como si quisiese ver dentro de su alma, como si fuese un ser fascinante, y se ruborizó.

–Está bien, habla.

Dante se sentó enfrente de Alisha y estiró las piernas hacia el pasillo.

–Tengo un equipo abriendo y aireando la mansión Matta en estos momentos. Está lejos de mi piso en el centro de Londres, pero debería servir. Tú vivirás en la casa y yo iré a verte allí. Imagino que los medios de comunicación van a estar pendientes de nosotros, y la mansión será la cobertura perfecta. Mi equipo de prensa está preparando una declaración para anunciar nuestro compromiso.

–No quiero vivir allí.

Dante apretó los dientes, decidido a no perder los nervios.

–Alisha, me has prometido que no ibas a discutir conmigo por todo.

–Y tú has dicho que no ibas a mandarme en todo. No puedo... –se interrumpió, con los ojos llenos de lágrimas–. No quiero volver a la casa, sin Vikram y papá. No quiero volver a una casa vacía...

Apartó la mirada y tragó saliva.

Dante contuvo el impulso de abrazarla y consolarla. Pensó que vivir con Alisha iba a ser como vivir subido a una montaña rusa. Tan pronto quería estrangularla, como besarla apasionadamente o abrazarla con fuerza.

Quería tenerla cerca, donde pudiese vigilarla. En especial, porque los medios de comunicación iban a estar muy pendientes de ellos.

–En ese caso, tendrás que venir a mi piso.

Ella volvió a mirarlo con malicia.

–Jamás pensé que vería al despiadado Dante Vittori asustado.

Y él se sintió aliviado. La vulnerabilidad de Alisha le hacía sentirse como el adolescente que había sido: impotente y demasiado centrado en sus propias necesidades, demasiado tentado a besarla y abrazarla.

Podía controlar el deseo, pero no aquel impulso peligroso de comportarse como un héroe.

–¿Asustado?

–Te aterra la idea de tenerme en tu piso.

Dante se echó a reír.

–No te preocupes, respetaré tus normas. Controlaré las ganas de montar orgías todas las noches. Cuidaré de tu inmaculada reputación y del efecto que, como esposa tuya, pueda tener en ella. ¿Qué te parece?

Él seguía sonriendo.

–Que cualquiera diría que lo tienes por escrito.

–Sí, me he pasado toda la noche dándole vueltas. ¿Se me ha olvidado algo?

Él negó con la cabeza.

–¿Y tú? ¿Qué es lo que quieres? ¿Quieres pedirme algo?

–Lo cierto es que no. Me hace mucha ilusión poder poner ese dinero en la fundación. Y me gustaría hacer algunos contactos...

–¿Para qué?

–Para mis fotografías –respondió, dejando de sonreír–. Voy a intentar venderlas, aunque sea muy baratas. Ah, y voy a necesitar un estudio, una habitación oscura, sobre todo. En resumen, que estoy deseando volver a Londres.

–¿Revelas tú misma las fotografías?

–Sí.

–No te preocupes.

–Gracias. Entre la fundación y las fotografías, casi no tendrás que verme. Tu perfecta y ordenada vida seguirá como hasta ahora.

Dicho así, sonaba tan bien que Dante quiso creerlo. No solo quería creerlo, tenía que ser así. No podía dejarse llevar por la fascinación que sentía por Alisha.

No podía ser de otra manera entre ambos.

Ali no supo si había sido porque el viaje había transcurrido de manera sorprendentemente tranquila, o por el hecho de volver a estar en Londres, bajo el mismo techo que él, pero fue entrar en la habitación de invitados de casa de Dante y atar cabos.

Había estado dando vueltas a un comentario de Dante.

Según este, Richard había intentado chantajearlo con unas fotografías suyas.

Se duchó rápidamente, y se vistió con lo primero que encontró en la maleta: ropa interior, pantalones cortos y una camiseta. Todavía con el pelo mojado y descalza, fue a llamar a la puerta de Dante.

Este abrió enseguida, se estaba quitando la camiseta y Ali volvió a fijarse en sus impresionantes músculos abdominales y estuvo a punto de olvidarse del motivo por el que estaba allí.

−¿Alisha? ¿Qué ocurre?

−Dijiste «nos dio pruebas». Le contaste a papá lo de las fotografías de Richard, ¿verdad?

Por aquella misma época, su padre la había hecho llamar a su despacho y, mientras este la miraba con decepción desde un rincón, Dante le había informado de que no podría ir a hacer prácticas con un conocido fotógrafo, tal y como había planeado. O que, al menos, su padre no correría con los gastos.

Vikram, como de costumbre, había estado ausente, trabajando en su laboratorio, y su padre se había negado a hablar con ella aquella noche, aunque ella le había rogado que reflexionase acerca de aquella decisión. Había sido la última vez que había hablado con su padre.

Le dio miedo volver a encerrarse en aquella burbuja con Dante, tanto su cuerpo como su mente querían escapar de allí.

—¿Qué? —preguntó Dante.

—Que ese fue el motivo por el que mi padre se negó a pagarme aquella formación. Tú se lo contaste y yo perdí la oportunidad de hacer lo que más deseaba en el mundo. Aquella ilusión me había mantenido en pie a pesar de la muerte de mamá, a pesar de tener que irme a vivir con tres extraños y... por tu culpa, perdí la oportunidad de aprender, de ver si podía perseguir mi pasión.

Tomó aire antes de continuar.

—¿Tanto me odiabas, Dante? Era impulsiva e imprudente, sí, pero ¿sabes qué fue lo peor? Que papá murió pensando que yo quería avergonzarlo delante de todo el mundo.

Tenía los ojos llenos de lágrimas. Se los limpió con rabia. Ya no servía de nada lamentarse. Lo último que quería era darle pena a Dante.

—Alisha, mírame —le dijo él—. Yo no se lo conté a Neel. Me limité a ocuparme de Richard. Fue Vikram quien se lo contó.

—¿Qué? —inquirió ella, parpadeando—. ¿Por qué?

—Vikram te quería y... estaba preocupado por ti. Se sentía culpable por haberte descuidado durante

tanto tiempo, por estar solo pendiente de su laboratorio. Así que convenció a Neel para que te apartase
de todo lo que implicaba ser una heredera, le dijo
que tenía que ser más duro contigo, que tenía que
hacer que vieses quiénes eran realmente tus amigos. Yo...

−¿Qué, Dante?

−Yo intenté convencer a Neel de que no lo hiciera.

−No te creo.

Él se puso tenso solo un instante.

−Ya te he dicho que no soy tu enemigo. Me recordabas a alguien a quien había despreciado durante
mucho tiempo. Eras una niña mimada, inmadura y
rebelde, pero no te odiaba. Y sabía que la fotografía
lo era todo para ti. Así que intenté convencer a Neel
para que te pagase aquel curso, pero no me escuchó.
Creo que pensó que habías ido demasiado lejos.

Ali asintió, casi no podía respirar. Dante la había
apoyado y había intervenido en su nombre.

−Qué gracioso. Yo hacía todo tipo de cosas para
llamar su atención, tomaba decisiones equivocadas
porque estaba muy perdida... y él fue a castigarme
por lo único que no había hecho y me negó lo que
más me importaba. Todos los días me lamento por
no haberlo conocido mejor, por haber estropeado
nuestra relación, pero él ni siquiera intentó conocerme a mí.

−En mi opinión, le recordabas demasiado a
Shanti. Nunca superó que lo abandonase.

−Pero eso no es culpa mía. Yo era solo una niña,
lo mismo que Vikram.

Dante se pasó una mano por el rostro, suspiró.

–Era un buen hombre, pero no era perfecto.

Levantó la cabeza bruscamente y lo miró a los ojos.

–¿Has dicho que te castigó por algo que no habías hecho?

–No sé qué te enseñó Richard, pero yo nunca posé desnuda delante de él. Y, aunque lo hubiese hecho, tampoco merecía que papá, Vikram y tú me castigaseis. Vosotros os teníais los unos a los ojos. ¿A quién tenía yo?

Dante apretó los labios y ella supo que sus palabras le afectaban, pero, por una vez, no se sintió bien por ello. ¿Cómo había podido pensar que de aquel acuerdo pudiese salir algo que no fuese dolor y destrucción?

«Yo sabía que la fotografía lo era todo para ti», había dicho Dante. ¿Era posible? Ali no quería preguntarle, no quería saberlo.

Este alargó la mano y la agarró por la muñeca.

–¿En qué piensas?

Pocas semanas después de lo ocurrido con su padre, después de haberse marchado de casa, había recibido la cámara. Una de las mejores cámaras profesionales del mercado.

Le había llegado por correo postal, sin ningún mensaje.

Y ella había dado por hecho que era de Vikram. Incluso le había mandado un mensaje dándole las gracias, pero él no había contestado.

–Mi Nikon XFD45...

–No vamos a conseguir nada dándole vueltas al pasado –respondió Dante, limpiándole las lágrimas–. Estás cansada, vete a la cama.

Ali invadió su espacio personal.

–Dante, ¿me compraste tú la cámara? ¿Quién me la mandó?

Él separó los labios, pero Ali le puso una mano en la boca y añadió:

–Por favor, dime la verdad.

Él se apartó de su mano, había emoción en su mirada.

–Sí. Te vi llorar aquella noche. Discutí con Neel, pero no conseguí nada. Y cuando fui a tu habitación y la encontré vacía, supe que no ibas a volver. Días después, no podía dejar de pensar en todo aquello y te compré la cámara.

Ella quiso darle las gracias. Siempre lo había visto como a su enemigo, lo había odiado, pero aquel regalo... aquel regalo no cambiaba que hubiesen tenido una mala relación. No obstante, de repente sintió que todo se tambaleaba.

–¿Por qué no...?

–Aquella noche me sentí culpable e impotente. Y compré aquella cámara para intentar sentirme mejor. No le des más importancia al tema, Alisha.

Pero, un rato después, mientras se secaba el pelo y se metía en la cama, agotada, sintió que su corazón se negaba a creer aquella explicación tan racional que le había dado Dante.

Tal vez le hubiese importado un poco. Tal vez Dante no fuese...

Sintió miedo. Aquel matrimonio de compromiso

y su cordura dependían de que Dante fuese un hombre ambicioso y sin sentimientos.

Si aquello resultaba ser falso no tendría nada con lo que proteger su corazón de aquella atracción que sentía por él.

Capítulo 6

TOC. TOC.

–¿Alisha?

Toc. Toc.

–Alisha, si dentro de quince minutos no has salido, tiraré la puerta abajo.

Ali se sobresaltó bajo la ducha y salió apresuradamente. Tomó dos toallas, una para el pelo y otra para el cuerpo. Miró su teléfono móvil y se dio cuenta de la hora que era, hizo una mueca.

Miró la fecha e hizo otra mueca. Si seguía torciendo el gesto se le iba a quedar torcido para siempre.

Era la mañana de la boda.

Se iba a casar con Dante.

¿O Dante con ella?

Llevaba diez días repitiéndose aquello, pero todavía no le parecía real.

Se secó el cuerpo, se puso unos pantalones cortos y una camiseta y oyó que volvían a llamar.

Abrió la puerta mientras se secaba el pelo con la toalla.

Dante irrumpió en su habitación.

La toalla se le cayó de las manos y se le aceleró el corazón. Sintió calor entre los muslos al verlo, gimió y cerró los ojos, pero no pudo borrárselo de la mente. No podía estar más guapo.

Vestía una chaqueta negra y camisa blanca, todavía llevaba el pelo mojado y estaba recién afeitado. Sus ojos oscuros la miraban fijamente, con intensidad.

Era demasiado guapo.

Se dijo que aquello tenía que ser el karma. Por lo mucho que había hecho sufrir a su padre, a su hermano y a Dante.

Llevaba diez días en Londres, viendo a Dante todas las mañanas, vestido impecablemente de traje, y ya se había vuelto completamente loca.

Dante había insistido en comprarle ropa y habían tenido que pasar tiempo hablando de los detalles legales del traspaso de acciones y de la fundación de su madre. Así que, en resumen, habían pasado demasiado tiempo juntos.

En un instante era capaz de recordar cien expresiones distintas de su rostro.

Le bastaba con respirar para recordar su olor.

En cualquier momento del día pensaba en la curva de su boca cuando sonreía, en cómo le brillaban los ojos cuando ella se ponía impertinente, y en cómo apretaba la mandíbula cuando lo enfadaba.

Era como si su mente se hubiese convertido en una base de datos de todo lo relativo a Dante.

De adolescente ya había sido una obsesión para ella, una relación de amor-odio. Y tras unos días en Londres con él, se había dado cuenta de que en realidad no lo conocía.

En esos momentos ya no le parecía tan arrogante

y ambicioso, sino un hombre complejo e interesante, íntegro y ético, que conocía a todos sus trabajadores y sabía cuál era su situación familiar. Un hombre que pensaba mucho más allá de los beneficios de la empresa. Al hombre al que su padre había criado y querido.

¿Adónde había ido a parar la animadversión que había ido acumulando contra él durante casi diez años? ¿Tan patéticamente carente de cariño estaba que el tonto incidente de la cámara había cambiado la relación que había entre ambos?

En esos momentos sentía atracción y tensión.

Abrió los ojos y se dio cuenta de que Dante estaba estudiando su camiseta, que se le pegaba al cuerpo todavía mojado. Se separó la camiseta del cuerpo y lo vio apretar los dientes.

¿Era posible que él también se sintiese atraído por ella?

Era evidente que se fijaba ella, que no era completamente inmune.

–No estás preparada –observó con voz ronca.

Entonces se miraron fijamente, como si solo existiesen ellos dos en el mundo. Ali empezó a respirar con dificultad, como si hubiese estado corriendo.

Quería alargar las manos y tocarlo. Quería pasar los dedos por su mandíbula, apoyar la lengua en el hueco de su garganta, desabrocharle la camisa solo un par de botones y meter las manos por debajo para acariciar el vello que cubría su pecho. Quería comprobar por sí misma si también tenía el corazón acelerado, y quería seguir bajando las manos hasta llegar al abdomen y más allá, para ver si...

Lo oyó jurar entre dientes y volvió a la realidad.

–Estoy preparada. Bueno, todo lo preparada que puedo estar para esto. Así que, acabemos cuanto antes.

Dante se pasó una mano por el pelo moreno.

–No vas vestida de manera... adecuada –le dijo.

–Si solo vamos a firmar un papel delante de dos testigos. Tendremos que decir los votos, que me sé de memoria, por cierto, y firmaremos. Y ya está. No cambiará nada entre nosotros. Todo seguirá siendo igual.

Llevaba repitiéndose aquello desde que se había despertado, a las cinco de la mañana.

Él la miró con infinita paciencia y ella le dijo con nerviosismo:

–No me lo pongas más difícil, Dante.

–Habrá prensa esperando a que salgamos de la notaría.

–¿Qué? ¿Quién ha podido filtrar la noticia?

Él se pasó las manos por la chaqueta y admitió casi a regañadientes:

–Yo.

–¿Por qué?

–¿Has leído los periódicos desde que has vuelto?

–Sí.

La prensa tenía demasiado interés por su unión y Ali había leído los titulares, sí, y había buscado en Internet y había descubierto que Dante había tenido una ajetreada vida amorosa durante los últimos años.

Y se había sentido mal, había sentido que no era suficiente mujer para casarse con Dante Vittori, que, al parecer, era el hombre perfecto.

–Mi reputación me precede –le dijo–. La prensa piensa que me estás salvando casándote conmigo. Y algunos viejos amigos me están llamando para hacerme preguntas.

–¿Por qué no me lo habías dicho antes? ¿Te están agobiando?

–La señora Puri, que fue nuestra ama de llaves, me llamó el otro día para preguntarme si estaba embarazada. No sabes la de consejos que me dio para ser una buena esposa india. Entonces le recordé que eres siciliano y me dijo que a los hombres sicilianos les gustan las esposas tradicionales. Y me hizo saber que tenía mucha suerte por haber cazado a un hombre tan guapo y leal como tú a pesar de todos mis defectos.

Dante se echó a reír, le brillaron los ojos y le enseñó los perfectos dientes blancos, y Ali deseó haber tenido la cámara en la mano en aquel momento. Como le ocurría tantas veces.

–Yo adoraba a la señora Puri. ¿Cómo está?

Ali lo fulminó con la mirada.

–Muy contenta, en Cambridge, viviendo con la generosa pensión que le asignaste. ¿Por qué no me has contado que habías hecho eso por los trabajadores de papá y mamá?

Él se encogió de hombros.

–¿Qué más te dijo? –preguntó, sin dejar de sonreír.

Y su sonrisa la calentó como si estuviese brillando el sol en aquella gris mañana de octubre.

–Me alegra que te parezca tan divertido. Todos piensan que has venido a rescatarme. Que he vuelto a descarrilarme y que tú vas a sacrificar tu virilidad semidivina en el altar de mi insensatez por papá. Y yo no he querido dar más de qué hablar...

Dante enterró una mano en su pelo y la atrajo hacia él. Con la boca seca y el corazón desbocado, Ali se dejó hacer.

–¿Que voy a sacrificar mi virilidad semidivina en el altar de tu insensatez? Solo a ti se te podía ocurrir semejante descripción.

Ella se humedeció los labios y él clavó la mirada en su boca.

–Tu legión de admiradoras, entristecidas por nuestro compromiso, confirmarán mi declaración.

Él le pasó los nudillos por la mejilla y la miró con curiosidad. Fue una caricia ligera, pero Ali la sintió de manera muy intensa. Entonces Dante le soltó el pelo y Ali empezó a perder su olor y su calor y sintió ganas de llorar.

–La prensa no va a parar hasta tener algo de qué hablar. Así les damos lo que quieren y controlamos las noticias. Haremos una declaración breve y permitiremos que tomen un par de instantáneas para que no puedan manipular la historia más.

–Yo no quiero tener que fingir.

–Solo habrá un fotógrafo y un periodista de una conocida página web. Ni siquiera podrán entrar mientras firmamos los papeles. Vístete como si fuese realmente tu boda. Piensa en la armadura, Alisha. Deslúmbralos de tal manera que no vuelvan a dudar. Sorpréndelos con todos los cambios que has experimentado.

–¿Los cambios que he experimentado?

–¿Acaso no has cambiado? Yo casi no te veo durante el día y te pasas las noches en tu estudio. Sé inteligente a la hora de dar publicidad acerca de ti misma. Aprovecha esta oportunidad. Utilízame a mí.

–¿Que te utilice?

–Sí –respondió él, sonriendo–. Al convertirte en mi esposa recibirás automáticamente mucha atención. Las personas que quieran llegar a mí pasarán antes por ti. Recibirás invitaciones, podrás hacer contactos. Utiliza a esas personas para hacer resurgir la fundación. Puedes esconderte durante los próximos meses o aprovechar el tiempo para conseguir tus metas. Todo depende de cómo decidas enfrentarte a la situación.

Dicho así, tenía sentido.

Dante tenía razón. ¿Por qué no aprovechar todo aquello?

De repente, sintió que una energía nueva corría por sus venas. Por primera vez en su vida, había alguien que la comprendía, que la apoyaba. Impulsivamente, se lanzó a sus brazos y le dio un beso en la mejilla.

Duró solo unos segundos, pero Ali no volvería a olvidar las manos de Dante en su cintura, la suavidad de su rostro ni la fuerza de su cuerpo.

Después se apartó y se negó a mirarlo.

Fue al armario y sacó de él un vestido color crema de seda que le llegaba a la rodilla, sin mangas, una de las prendas más elegantes que había visto en su vida.

El vestido se pegaba a su cuerpo como una segunda piel, pero no llegaba a cerrarse la cremallera que había en la espalda, así que volvió a la puerta y se giró delante de Dante.

–Ayúdame.

Tuvo la sensación de que tardaba una eternidad en hacerlo, y otra eternidad en apartar los dedos de su nuca. Mientras él la observaba, se maquilló y se calzó unos zapatos de tacón.

–¿Ya estoy lo suficientemente bien como para convertirme en la señora Vittori?

Él estaba tenso, levantó una mano hacia su rostro, pero la bajó de nuevo antes de tocarla.

–Olvídate de toda la basura que has leído en la prensa, ¿de acuerdo? Estás preciosa y tienes mucho talento, estás muy por encima de todas esas mujeres.

Ella recordó que había leído que nunca había salido con nadie durante más de tres meses.

Pero estaba dispuesto a casarse con ella por aquellas acciones, por el bien de la maldita empresa.

Y sin que firmasen un acuerdo prenupcial.

Ali no se había dado cuenta de lo importante que era aquello hasta que había llegado a Londres y se había enterado de lo rico que era, del imperio que había levantado con su trabajo durante las dos últimas décadas, que corría peligro si se casaba sin un acuerdo prenupcial.

Ali pensó que era porque confiaba en que ella no iba detrás de su dinero. Y saber que era la única mujer en la que el despiadado Dante Vittori confiaba se le habría subido a la cabeza a cualquier mujer sensata de entre dieciséis y sesenta años.

Y ella nunca había sido una persona ni racional ni sensata en lo relativo a Dante.

Teniendo en cuenta que iba a ser una ceremonia civil privada, había demasiadas personas esperándolos.

Izzy la buscó con la mirada, pero Ali la evitó porque estaba muy nerviosa y no quería delatarse. Tanto ella como Marco, el jefe de seguridad de Dante, eran los dos testigos.

Fuera del despacho había tres hombres con muchos documentos delante y Ali comprendió que eran los abogados. Detrás de ella había también una mujer alta y otros dos hombres, la periodista y su equipo.

—Ven —le susurró Dante al oído, y Ali lo siguió al interior de la habitación.

Consiguió hacerlo sonriendo y le dio la mano al notario. Incluso se echó a reír cuando este hizo una broma.

Y entonces llegó el momento de los votos.

Cuando el hombre le preguntó si quería añadir algo personal a los votos oficiales, Ali sintió ganas de salir corriendo. Aquello no estaba bien.

Sintió el calor del cuerpo de Dante a su lado antes de girarse hacia él y fue diciendo lentamente las palabras que se había aprendido de memoria. Con la mirada de Dante clavada en sus ojos, le resultó más sencillo de lo que había esperado.

—Yo, Alisha Rajeswari Matta, declaro solemnemente que no existe ningún impedimento legal por el que no pueda unirme en matrimonio a Dante Stefano Vittori.

Cuando llegó el turno de Dante, Ali se puso a temblar.

—Solicito a los presentes que sean testigos de que yo, Dante Stafon Vittori, te tomo a ti, Alisha Rajeswari Matta, como legítima esposa.

«Como legítima esposa», se repitió ella en la cabeza mientas tomaba el bolígrafo para firmar una y otra vez varios documentos. A la quinta firma le temblaban las manos y estaba sudando ya que, con cada firma, había ido sintiendo como su destino se iba entrelazando con el de él.

Lo cierto era que en los últimos años no había pensado mucho ni en familias ni en bodas.

Siempre había pensado que se casaría algún día, había soñado con un matrimonio por amor, pero todo aquello se le había olvidado al centrarse en la fundación de su madre y en convertirse en algo de lo que sus padres, y también Dante, pudiesen estar orgullosos.

Por eso le había resultado tan sencillo decir que sí a un matrimonio de conveniencia.

Pero en esos momentos le costaba respirar, intentó tranquilizarse. Todavía le temblaban las manos. Tenía por delante unos meses muy complicados, aunque no se mintiese a sí misma.

Se preguntó qué sentía por él.

Dante tomó el bolígrafo y ella observó cómo iba firmando. A él no le temblaban las manos.

Porque aquello no significaba nada para él.

Solo le importaba la empresa. Ni nada ni nadie

más. Ali se dijo que debía recordar aquello. Echó a andar como en trance hacia la puerta.

–Izzi, dame los anillos.

Ella se quedó boquiabierta.

–¿No habrás...?

Dante apoyó las manos en sus caderas y la atrajo suavemente hacia él. El calor de sus manos le traspasó la fina tela del vestido de seda, sorprendiéndola, cortándole la respiración. Tuvo que apoyar las manos en su pecho.

Él enterró la nariz en su pelo y le susurró:

–Cambia esa cara, cualquiera diría que estás viviendo una pesadilla.

Había impaciencia y algo más en su voz.

–Esfuérzate un poco más o todo el mundo va a pensar que es cierto que me estoy sacrificando –añadió.

Luego tomó su mano y, con mucho cuidado, le puso dos anillos en el dedo anular de la mano izquierda.

Se oyó el ruido de la cámara al mismo ritmo que el corazón de Ali.

El diamante solitario brilló bajo sus ojos junto a la sencilla alianza de platino que lo acompañaba. Ali sintió que aquellos dos anillos la ataban a Dante.

Notó que se le llenaban los ojos de lágrimas y parpadeó rápidamente para evitar derramarlas.

No quería que la cámara las captase. La prensa diría que había llorado y se había puesto de rodillas ante él para expresar su agradecimiento, o algo parecido.

Dante le dio un tercer anillo. Con dedos temblo-

rosos, Ali lo tomó con dos dedos y observó sus cui-
dadas manos antes de ponérselo.

–Ahora, si no os importa que tomemos un par de
fotos mientras os beséis –dijo la mujer que iba vestida con un traje beis–, nuestros lectores están deses-
perados por saber más de vosotros. Sería la guinda
del pastel.

Ali dejó de oír a la periodista al mirar a Dante a
los ojos.

Él parecía haber esperado aquello, pero no le
había advertido, y Ali sabía que, si la besaba, no
podría seguir ocultando el deseo que sentía por él.

Pero Dante no le dio tiempo a protestar.

Ni a pensar.

La acercó a él e inclinó la cabeza.

Y Ali, aterrada, cerró los ojos para intentar no
delatarse.

De repente, todo desapareció a su alrededor.

Solo quedó Dante.

–Abrázame por el cuello –le pidió este con voz
ronca, casi desesperada, o eso se imaginó ella.

Su aliento le golpeó los labios y el nudo que Ali
tenía en el estómago se apretó.

Y entonces los labios de Dante tocaron los suyos
solo un instante, y ella se apartó al notar el contacto.

–Shh... *bella mia*.

Dante apoyó una mano en su nuca y volvió a
besarla suavemente.

Y el deseo se apoderó de ella y le hizo separar
los labios. Notó su lengua en ellos e, instintivamente, le devolvió la caricia.

El tono del beso cambió de un momento a otro. Las manos de Dante atraparon su trasero, él gimió con deseo.

Ali se apretó contra su cuerpo y volvió a temblar.

Dante estaba excitado. Estaba excitado. Estaba excitado.

Ali notó su erección en el vientre, notó que enterraba los dedos en su pelo para conseguir el ángulo perfecto de su cabeza y poder besarla mejor, apasionada, salvajemente.

No fue como ella había imaginado que sería. Fue un millón de veces mejor.

Él le metió la lengua en la boca, le mordisqueó los labios, una y otra vez, como si estuviese dejándose llevar por completo. Un torrente de palabras en italiano salió de su boca.

A Ali le pesaban los pechos, sentía los pezones erguidos y endurecidos, se aferró a sus bíceps mientras él seguía torturándola.

Hasta que se puso a temblar contra su cuerpo, hasta que notó humedad entre los muslos y tuvo que levantar una pierna para apretarse más contra él.

Hasta que alguien tosió y comentó en voz alta.

—Vaya, sí que están compenetrados.

Dante apartó su boca de ella y apoyó las manos en sus hombros. Le costaba respirar y tenía los labios hinchados, de color rosa oscuro.

Ali no entendió lo que le dijo a Izzi y al resto de los presentes. No sabía lo que pasaba. No sabía si seguía con los pies sobre la Tierra o estaba flotando.

Fue hacia donde él la llevó.

El ruido de la puerta al cerrarse la despertó y miró a su alrededor. Estaban en la limusina, solos. Dante se había sentado enfrente de ella.

Tenía las mejillas sonrojadas.

—No tenía que haber llegado tan lejos.

La frialdad de su tono de voz sacó a Ali de aquel mágico momento. Se humedeció los labios y todavía notó su sabor. Y le gustó demasiado.

Estaba de acuerdo con él. De aquella atracción no podía salir nada bueno. Una atracción que sentían los dos, que no era solo imaginación suya.

Dante la deseaba. No podía dejar de pensar en aquello.

—A mí no me eches la culpa de nada —le advirtió—. Tú lo has orquestado todo, así que no me hagas sentir mal si no ha salido como pensabas.

Algo cambió en su mirada, pero Ali no supo qué era. Le daba igual, no podía evitar sentirse satisfecha después de semejante beso.

El ambiente cambió dentro del lujoso coche.

—Un beso no significa nada, Alisha.

Ella sintió que volvía de golpe a la Tierra.

—No, no significa nada.

Pero lo significaba todo.

Significaba que Dante la consideraba una mujer.

Significaba que Dante la deseaba desesperadamente.

Significaba que Dante podía perder el control cuando estaba con ella.

Significaba que, por primera vez en su vida, había equilibrio en aquella relación.

Y no iba a ser tan tonta como para continuar con aquello, pero se sentía bien y sonrió.

Cuando se fuese a la cama aquella noche, fuese a la hora que fuese, independientemente de cómo hubiese sido la noche de bodas, podría recordar aquello las veces que quisiera. En aquel complicado mundo en el que habitaba en esos momentos, tenía derecho a tener a Dante, ¿o no?

Al fin y al cabo, eran marido y mujer.

—¿En qué estás pensando? —le preguntó él.

Le brillaban los ojos y Ali por fin pudo reconocer aquel brillo.

Por mucho que le pesase, Dante la deseaba.

—En que después de tanto tiempo teniendo sueños eróticos contigo, esta noche por fin tengo material real con el que trabajar. Qué oportuno, justo el día de mi noche de bodas.

Él juró entre dientes y a Ali le encantó oírlo.

Se echó a reír, sentía tanto poder que había dejado de sentirse incómoda.

Dante estaba ruborizado, la miraba con deseo. Se estaba imaginando lo que ella le había dicho, Ali estaba segura.

Ella se negó a apartarle la mirada.

—Alisha, si...

—No puedes controlar mi mente, Dante. Déjalo.

Él volvió a jurar.

—Estás sufriendo con esto, ¿verdad? Necesitas tener siempre el control de la situación.

Él asintió y apartó la vista.

—Sí. Es... ahora mismo no lo puedo explicar,

pero nuestro matrimonio sigue siendo de conveniencia, Alisha.

Aquella advertencia la afectó, aunque no cambió su buen humor.

—Dijiste que teníamos que dar una determinada imagen, ¿no? Yo ya sé lo que pasó. Te enamoraste de mí en una de tus visitas, mientras intentabas controlarme durante todos estos años, pero yo no me dejé atrapar hasta ahora –le dijo ella–. El beso ha sido perfecto. Yo quiero ser la estrella de esta historia. Quiero ser la mujer que ha conseguido doblegar a Dante Vittori ante el amor. Y cuando todo termine, seré yo la que se marche. ¿Entendido?

Lo miró de manera desafiante, retándolo a contradecirla.

Sería ella la que se marchase. Y, mientras tanto, se divertiría todo lo que pudiese atormentándolo.

Él la buscó con la mirada, como si fuese la primera vez que la veía. Como si se hubiese transformado en algo diferente, que no comprendía, delante de sus ojos.

Y Ali no pudo sentirse mejor.

Capítulo 7

EL SABOR de la boca de Alisha, tan dulce, tan adictivamente caliente, todavía seguía en sus labios quince días después. Durante las reuniones con los japoneses, en las reuniones del consejo a las que acudía con ella para presentar un frente común contra Nitin y el resto, durante las interminables noches, cuando coincidía con ella en el salón antes de que desapareciese en la habitación oscura que habían instalado en la planta de abajo.

La había notado temblar al agarrarla por la cintura, al apoyar la mano en su espalda para acercarla a su cuerpo... pero su pasión había sido voraz y honesta.

Él solo había querido rozar sus labios. Nada más.

Pero había cometido el error de pensar que Alisha se comportaría a pesar de que él la había sorprendido con la presencia de la prensa, pensar que no iba a aprovechar la oportunidad para retarlo y vengarse...

Y también había cometido el error de pensar que la atracción se iría apagando si él continuaba sin prestarle atención.

Todo el mundo hablaba ya de «El beso».

Salvo que el beso no había salido como él había planeado. En las fotografías, él parecía desesperado por ella. Ali había conseguido lo que quería. Todo el mundo pensaba que había conseguido doblegarlo.

Y a él le bastaba con mirar la fotografía para excitarse.

Se maldijo. Aquello lo consumía día y noche, cuando la veía vestida con poca ropa en casa, cuando tenían que salir juntos a la calle y fingir que eran una pareja.

Con tan solo mirar sus labios.

Desde que era adulto, siempre había sido de controlar todos los aspectos de su vida, también la libido. Nunca había deseado así a otra mujer.

Y desear a Alisha, por supuesto, no encajaba en ninguno de sus principios. Si solo hubiese sentido atracción física por ella, habría sido diferente.

Si ella hubiese continuado atormentándolo, si hubiese utilizado su deseo a modo de arma, también habría sido diferente.

No, al parecer, solo se había dejado llevar por el deseo que sentía por él una vez.

Y, en contra de todas las predicciones, en esos momentos era la que parecía más tranquila, la que representaba mejor su papel de encantadora esposa, de inteligente anfitriona en los eventos de la fundación y frente a los medios de comunicación, e incluso de persona educada dentro de su casa.

La fundación iba cada vez mejor, aunque a Alisha seguía encantándole la fotografía. Él cada vez sentía más curiosidad al respecto, incluso le había prometido no hacer ningún comentario ni burlarse de ella, pero Alisha se negaba a que viese sus retratos.

Sentía una atracción vacía por una mujer a la que no admiraba, que, en realidad, ni siquiera le gustaba, pero a la que, según iban pasando los días, iba viendo de manera diferente.

Su modo de comportarse durante las últimas semanas había sido revelador.

Un día, había ido a verla al estudio que había alquilado y la había visto hablando con su nuevo contable, explicándole que tenía planes de expansión para los dos siguientes años.

Se había sorprendido sonriendo al llegar a casa y encontrársela sentada frente al piano, tocando viejas melodías indias que había oído tocar a Neel muchos años atrás. Y cuando no estaba trabajando en la fundación, estaba encerrada en la habitación oscura. Dante se había sentido tentado en más de una ocasión a preguntarle si se ocultaba de él.

Pero eso habría sido reconocer lo que ambos intentaban negar. Habría significado plantearse una pregunta que no se quería hacer.

Inquieto, se acercó al retrato que colgaba de la pared de su despacho. Una fotografía que le habían hecho con Neel para una entrevista con *Business Week*.

Miró al hombre que le había dado la oportunidad de ser alguien. El hombre que había confiado en él a pesar de su padre.

Alisha era su hija.

Así que siempre estaría prohibida para él, en especial, teniendo en cuenta el tipo de relación que él tenía con las mujeres.

Había conseguido fácilmente sus acciones porque las iba a utilizar en el interés de la empresa, pero besarla, tocarla, pensar en ella así...

Se sobresaltó cuando sonó el teléfono y vio la imagen de Alisha en la pantalla. Dejó que saltase el contestador.

Dos minutos más tarde empezaron a llegar mensajes y él se sintió casi impaciente por leerlos.

Voy a pasar la noche en MM.

Él frunció el ceño. MM significaba la Mansión Matta. La casa en la que Alisha se había negado a quedarse solo un par de semanas antes.

Los siguientes mensajes estaban llenos de emoticonos de tarta y vino, botellas y copas de champán.

Me estoy emborrachando y no voy a volver esta noche, pero no te preocupes. Mándame a Marco mañana por la mañana. Buenas noches, Dante.

Y el emoticono de un beso.

Él sonrió, pero sé preguntó si Alisha le habría sido sincera, o si en realidad estaría tramando algo.

Se dio cuenta de que también lo había llamado su madre, que solo solía llamarlo un par de veces al año.

Entonces miró la fecha y salió del despacho a pesar de que tenía mucho trabajo pendiente.

No podía dejarla sola, sobre todo, aquella noche.

La Mansión Matta, con su fachada de mármol blanco y sus bonitos jardines, recibió a Dante como un viejo amigo. Él pensó que no tenía que haber permitido que la casa se estropease tanto.

Aunque Shanti se hubiese marchado años atrás llevándose a Ali, Neel siempre había mantenido la casa en buen estado con la esperanza de que algún día regresase.

Dante se había marchado de allí tras la muerte de Vikram y después de que Ali se hubiese marchado de Londres. Neel lo había tratado como a un hijo más, pero él se había sentido mal allí sin ellos.

Era un lugar del que tenía muy buenos recuerdos gracias a la generosidad de Neel.

Pero con respecto a Alisha... La veía de otro modo por primera vez desde que había entrado en aquella casa, con trece años y mostrando una feroz desconfianza contra su padre, su hermano y él.

Debía de haberse sentido muy asustada y perdida, y Neel, que también había estado sumido en su dolor, no la había tratado de la manera más adecuada.

Neel nunca había abrazado a su hija. Nunca le había dicho que la quería. Y cuando ella había empezado a exteriorizar aquello, Neel la había apartado de su vida. Había dado por hecho que aquello tenía que ser culpa de Shanti.

Qué cínico.

Mientras detenía el Mercedes, Dante recordó algunas de las cosas que Alisha le había dicho.

Ella no tenía buenos recuerdos de aquel lugar y, no obstante, estaba allí esa noche.

Por una vez, Dante quería ser lo que Alisha necesitaba. Quería cuidar de ella.

Lo que sentía en su pecho no tenía nada que ver con una sensación mal entendida de lealtad. Los nervios que lo invadieron al entrar en la casa y subir las escaleras no parecían ser causados por la responsabilidad.

La emoción que corría por sus venas, el deseo que tensaba todos sus músculos al abrir la puerta del que había sido el dormitorio de Alisha y encontrársela sentada en el suelo, apoyada en su cama blanca de princesa, con la cabeza agachada, abrazada a las rodillas, no fue pena por una niña a la que no se había esforzado nunca en entender.

Ella encendió la lámpara que había en la mesita de noche y el rosa claro de las paredes lo inundó todo a su alrededor. Delante tenía una botella de whisky y un par de vasos. En la mano, una fotografía enmarcada de su madre, y había más en el suelo.

De Neel con Dante y Vikram.

De Neel con ella, ambos visiblemente tensos.

De Dante y ella, en una de las fiestas que Neel había insistido en celebrar.

Parecía tan sola que Dante se sintió invadido por la ternura, pero ni siquiera eso le aplacó el deseo.

Como de costumbre, llevaba puestos unos pantalones cortos y un top rosa de tirantes. Bajo la luz de la lámpara contrastaba con la oscuridad del resto de la habitación, su piel parecía suave, lo invitaba a tocarla. El pelo se le movía cada vez que tomaba aire.

Dante, que no quería molestarla, miró a su alrededor. Hacía años que no había entrado en aquella habitación.

Una habitación creada para ella, con muebles a medida, ropa de diseñador y joyas, antigüedades, objetos procedentes de la India, otros objetos más modernos que habían gustado a Ali y a Shanti. Neel le había dado todo lo que una princesa podía esperar.

Salvo lo que tan desesperadamente había necesitado.

Cariño, comprensión, amor.

De repente, en aquella habitación que para Ali había sido como una jaula, Dante vio a Ali como realmente era.

Vio vulnerabilidad bajo la dura fachada, entendió los motivos por los que quería salvar la fundación de su madre, el motivo por el que había aceptado su propuesta... Para Ali todo eran emociones, mientras que él las evitaba.

Pero, no obstante, no salió corriendo de allí.

Ella lo miró con los ojos muy abiertos.

–¿Qué estás haciendo aquí?

–Quería ver...

–¿Si estaba arrastrando tu buen nombre por el barro? ¿Celebrando una fiesta salvaje con un montón de personas desnudas?

Él no reaccionó como lo habría hecho en el pasado. Se quitó la chaqueta, la dejó en la cama y se sentó a su lado en el suelo.

Ella clavó la vista en sus pies y después fue subiendo hacia arriba, sin saber lo que aquello estaba provocando en él.

–¿Te has acordado de quitarte los zapatos y los calcetines?

Algo mundano. Para llenar el silencio.

–Por supuesto, esta fue mi casa durante muchos años.

–Quiero... estar sola. Ahora que ya has visto que no estoy haciendo nada malo, ya puedes marcharte.

Él se quitó los gemelos y apoyó las manos en las rodillas. Ali siguió con la mirada cada uno de sus movimientos.

–Me apetecía unirme a la celebración. ¿Cuántas veces lo celebramos juntos?

–¿Siete, ocho? Yo lo odiaba, ya lo sabes. El primer año pensé que, al menos el día de mi cumpleaños, sería mío y solo mío. Pero me obligó a compartirlo contigo.

–Neel me tenía en un pedestal, te exigía que me tratases como al semidios que soy y por eso me odiaste por principio.

Ella dejó escapar una carcajada amarga.

A él le gustó oírla. Le gustaba cuando se mostraba impertinente y descarada.

Notó su espesa masa de pelo en el cuello y en los hombros. Notó su cuerpo y se puso tenso para intentar minimizar el contacto. Sintió que el placer lo invadía.

Pero no iba a marcharse.

–No fue solo por principio. Tú... tú te lo ganaste, Dante.

Él tomó su mano y se la apretó, sintiéndose culpable. Él había tenido unos padres que tampoco lo habían cuidado, pero no había sido capaz de ver aquel comportamiento en Neel.

–Siento no haberme dado cuenta de lo sola que te sentías en tu propia casa, gracias a mí.

Ella se quedó inmóvil. Dante vio lágrimas en sus ojos y apartó la mirada. Sabía que Alisha no querría que la viese llorar.

Esa noche Dante se sentía especialmente sentimental y no quería avivar aquella sensación, que sin duda aumentaría al ver a Ali sufrir.

—No fue todo culpa tuya —susurró ella—, pero fuiste un blanco fácil. Te odiaba porque estabas muy cerca de él y aprovechaba todas las oportunidades que tenía para demostrártelo. Y para demostrárselo a él.

—Tu padre era un gran hombre, pero no era perfecto. Y yo no me daba cuenta.

Volvió a hacerse el silencio.

—Siento haberme portado tan horriblemente mal contigo. Te quemé el traje de Armani con esas bengalas, y rompí contratos que eran importantes.

—¿Y te acuerdas de cuando aterrorizaste a mi novia? ¿Cómo se llamaba? ¿Melissa? ¿Melody?

—Meredith —lo corrigió ella, haciendo una mueca—. Se lo merecía, era demasiado presumida.

Cuando Dante la miró, ella apartó el rostro y continuó:

—Estaba perdidamente enamorada de ti a la vez que te odiaba.

—Yo... no sé si entendía todo eso. Eras... difícil de comprender.

Ella se echó a reír y le temblaron los hombros. Enterró el rostro entre las manos.

—¿Me sirves una copa?

A Ali le temblaron las manos mientras levantaba el decantador y le servía. Él tomó la copa de sus manos y la dejó en la moqueta antes de girarse hacia ella para verla mejor.

Le brillaba la piel, su boca... solo de ver su boca sintió deseo.

Pero levantó la copa.

–Feliz cumpleaños, Ali. ¿Cuántos años tienes ya, dieciocho?

–Veintiséis –respondió ella, dándole un empujón con el hombro–. ¿Y tú, ciento veinte?

Él no respondió y Ali chocó su copa contra la de él.

–Felicidades, Dante.

Este dio un sorbo.

Se quedaron así durante no supo cuánto tiempo. Seguía habiendo tensión en el ambiente, pero también algo más. Un silencio cómodo. Habían aclarado su historia lo suficiente como para que se hubiese establecido un vínculo entre ambos.

Un nuevo comienzo, tal vez. Una frágil conexión.

Dante sintió que un peso con el que había cargado durante mucho tiempo empezaba a desaparecer. Alisha era hija de su padre, por mucho que ella intentase negarlo. Y siempre había sido su responsabilidad, incluso antes de haberse casado con ella.

El whisky, que estaba suave y fuerte al mismo tiempo, hizo que a Ali le ardiese la garganta y se le calentase la sangre. Tuvo la sensación de que abría sus sentidos todavía más, de que tener a Dante a su lado, con su pierna tocando la de ella, aspirando su olor, a colonia y a él, una combinación irresistible, no era suficiente.

Lo último que había esperado al escribirle era que fuese allí. Había estado triste todo el día, dando tumbos de un lugar a otro de Londres, y había terminado en una cafetería que había frecuentado cuando había compartido un piso cercano con otras dos chicas.

Había sido el año que se había marchado de la Mansión Matta, lejos de su padre, de Vikram y de Dante. Había sido lo más duro que había hecho jamás, pero también lo más liberador.

Pero ni siquiera aquella cafetería había logrado animarla.

Se había sentido sola.

Hacía tiempo que se sentía así, desde la muerte de su madre. Aunque los últimos años había estado mejor. Se había rodeado de amigos a los que les importaba. Se había dedicado a hacer obras benéficas allá donde estuviera, y a la fotografía, pero la vuelta a Londres la había desestabilizado.

No, no era Londres.

Ni siquiera era aquella casa que su padre había hecho construir para su madre de recién casados, que tantos recuerdos dolorosos le traía.

No, aquel dolor en el pecho, aquella constante vibración bajo la piel se debía al hombre que tenía al lado, pero no podía acercarse a él, no podría soportarlo si Dante la rechazaba y, además, quería estar con él por los motivos adecuados. Quería estar con él como una mujer que se comprendía a sí misma, que entendía cuáles eran sus deseos y sus carencias.

Dante le gustaba. Le gustaba mucho.

Le gustaba el protegido de su padre, que tenía diez años más que ella, que conocía todos sus defectos y vulnerabilidades.

Le gustaba el hombre del que había estado enamorada durante años.

Le gustaba el hombre con el que estaba casada. Si no hubiese sido tan trágico, habría sido cómico.

Era agotador sentirse así todo el tiempo. No podía...

—¿Vas a contarme qué te ha traído aquí esta noche?

Ella hizo girar la copa en su mano, observando el reflejo de la luz en el líquido ambarino.

—¿De verdad quieres saberlo?

—Sí, Alisha. Cuando te hago una pregunta, normalmente es porque quiero saber la respuesta.

—Yo no... estaba melancólica. Así que me he pasado casi todo el día recorriendo Londres en autobús, recordando... He terminado en una cafetería a la que solía ir con amigos cuando me marché de aquí... para vivir sola. Y allí me he encontrado con mi ex.

Él no se movió ni parpadeó, pero Ali notó que se ponía tenso.

—¿Jai?

¿Dante no recordaba el nombre de sus novias, pero sí el de Jai?

—Sí.

—Y lo echas de menos —dijo él.

—Ha sido una sorpresa verlo, la verdad, pero, de todas las decisiones que tomé por aquel entonces, Jai fue... Fue una buena influencia para mí. Me hizo ver que, aunque no hiciese aquellas prácticas, no tenía por qué dejar la fotografía. Hoy, cuando me ha visto, me ha dado un abrazo y ha sido todo sonrisas. Me ha contado que ha montado una empresa, me ha dado la enhorabuena...

–¿La enhorabuena? ¿Has conseguido encontrar agente? ¿Por qué no me lo habías contado?

Ali dejó la copa y se puso en pie, se subió a la cama y se sentó apoyada en el cabecero. Dante se levantó rápidamente y apretó la mandíbula.

–¿Qué pasa? Me duele el cuello de girar la cabeza para mirarte y se me estaba empezando a dormir el trasero de estar sentada en el suelo.

Dio una palmadita a su lado y sonrió.

–No muerdo, Dante.

Él no respondió. Se quedó mirándola varios segundos más y después se sentó cerca de sus pies.

–Todavía no he tenido noticias del agente. De hecho, todavía no le he enviado mi portafolio.

–¿Por qué no? Has pasado horas revelando fotografías esta semana –le dijo él, tomando sus manos–. Te da miedo que te rechacen.

Ali se encogió de hombros. Era cierto.

–Nadie ha visto nunca mi trabajo.

–Y nunca sabrás si es bueno si no lo enseñas –le dijo él–. Entonces, ¿por qué te ha felicitado Jai?

–Por la boda. Me ha felicitado por... –se interrumpió, tocándose el anillo–. Esto.

Jai la había felicitado por haber cumplido su deseo, y a ella le había sorprendido oír aquello.

Entonces Jai le había explicado que, durante su relación, se había dado cuenta de que en realidad

Ali estaba obsesionada con Dante. Y que a él le había parecido evidente que siempre sería el hombre de su vida.

Ali siempre se había preguntado por qué había terminado Jai con su relación, pero tampoco le había costado superar la ruptura. Había querido viajar y centrarse en la fotografía. Aquel día, su respuesta la había conmocionado.

Había estado obsesionada con Dante en el pasado, sí, pero aquello no había sido amor.

No obstante, se había pasado el resto del día pensando en las palabras de Jai. En esos momentos, las comprendía.

Estar con Dante la hacía sufrir.

Quería poder comportarse con libertad a su lado, como una mujer a la que él respetaba, a la que deseaba, que le gustaba. Sus vidas estaban entrelazadas en esos momentos, por primera vez empezaban a conocerse bien y a ella la consumían los sentimientos.

Se apoyó las manos en los ojos.

—Tenías razón. Debería mudarme aquí. Hay más espacio y, cuando la prensa deje de prestarnos tanta atención, nadie sabrá dónde dormimos. Además, los dos trabajamos muchas horas.

Dante frunció el ceño.

—¿Qué?

—Que tu piso es muy grande, pero es como vivir... pegados el uno al otro. Así tendremos más libertad, más espacio.

—¿Más espacio para hacer qué, exactamente? ¿Para volver a ver a tu ex? ¿Es ese el motivo por el que quieres marcharte?

Ella saltó de la cama, furiosa.

—Eso es muy injusto. Jamás tendría una aventura mientras todo el mundo habla de que nuestra boda ha sido la más romántica de la década. Aunque no merezcas mi... fidelidad, no puedo hacerlo.

Se dio la media vuelta para salir de la habitación, para alejarse de él, pero Dante la agarró del brazo.

Ali terminó apoyada contra él, con la mano en su pecho, entre sus piernas. Él le frotó la espalda, le acarició la frente con su aliento. Su olor hizo que se pusiese tensa. El increíble calor de su cuerpo calentó el de ella.

Quería quedarse así toda la noche. Toda la vida.

Dante le tocó la mejilla y la miró con cariño.

—Si es el agente lo que te preocupa, haré algunas llamadas. Si es la fundación, no te preocupes. Y si es la prensa, pronto se cansarán. Eres... su hija, Alisha. Igual que él. Me equivoqué al pensar que eras una princesa mimada. Sea cual sea el problema, yo lo solucionaré. Le debo a Neel hacer lo correcto contigo.

Pero Ali no quería su lealtad ni su comprensión por ser la hija de su padre. Quería que Dante la viese a ella. Alisha.

—Eres tú. Tú haces que todo sea incómodo. Tengo la sensación de haber cedido mucho más que unas acciones con derecho a voto.

Él la miró con sorpresa. Apartó la mano lentamente.

—Yo nunca te haría daño, Ali.

Ella asintió. Dante no lo entendía. Jamás lo en-

tendería. Solo sabía de ambición, objetivos y reputación. No sabía nada de amor.

Y la idea de que Dante le estuviese robando el
corazón la aterraba. Necesitaba protegerse de él si
no quería que se lo rompiese en mil pedazos.

No obstante, le preguntó:

–¿Sigues queriendo fingir que ese beso no cambió nada entre nosotros?

Él tardó en responder.

–Sí.

Ali cerró los puños con fuerza.

–Yo no sé controlarme como tú, ni quiero supri-
mir todos mis sentimientos como haces tú. No puedo
vivir contigo y fingir que no quiero hacer esto.

–¿El qué?

–Esto.

Le dio un beso en los labios mientras se prepa-
raba mentalmente para que Dante la apartase. Se
puso de rodillas y pasó la lengua por debajo de su
oreja, notó cómo él se estremecía.

Estaba caliente, sabía a gloria. Ali tuvo la sensación de estar volviendo a casa.

Cuando Dante la agarró de las manos para apar-
tarla, ella pasó la lengua por su mandíbula y fue
mordisqueándole la piel hasta llegar al sexy hoyo
de su garganta. Metió la lengua en él y sintió su
pulso en el interior.

–Dime la verdad solo una vez. Dime que no me
deseas y haré lo que me pidas. No volveré a hablar
jamás de esto.

Sin esperar su respuesta, le mordió con fuerza.
Él gimió, fue un sonido tan erótico que a Ali se le

endurecieron los pezones contra su pecho y se apoyó más en él. Estaba contenta, borracha, loca. Fue bajando la mano del pecho al abdomen, de ahí al cinturón y más abajo. Y a él se le cortó la respiración.

Al llegar a la bragueta trazó la línea de su erección, arriba y abajo, solo con un dedo, mientras notaba como se ponía cada vez más dura. Entonces la cubrió con toda la mano y notó cómo Dante se apretaba contra ella.

Ali no podía estar más excitada. Dante estaba así por ella.

Enterró los dedos en su pelo, se sentó a horcajadas sobre él y se apretó contra su cuerpo con descaro. Ambos gimieron de placer a la vez.

Dante la agarró del pelo y la besó con un ansia salvaje comparable a la que sentía ella. Sus lenguas se batieron en duelo. A Ali se le encogió el vientre todavía más. Aquel beso había terminado de volverla loca.

Después, Dante fue humedeciéndole el cuello con su boca y Ali no tardó en pedirle más. Tomó sus manos y se las llevó a los pechos para que la acariciara.

—Por favor, Dante... quiero más.

No le importó rogarle. No le importó mostrar lo que sentía, aunque se hubiese prometido que no lo haría. Ambos parecían presa de la misma locura.

Sin apartar la mirada de sus ojos, Dante bajó hasta la curva de sus pechos.

—Levántate la camiseta.

Y Ali lo hizo con dedos temblorosos. Él trazó el borde de encaje blanco con la lengua mientras la devoraba con la mirada. Como hipnotizada, Ali observó cómo encontraba la punta a través de la fina seda.

Dante la tocó con delicadeza para liberar el pecho, que se erguía hacia él demandando más atención.

Ali contuvo el aliento mientras Dante ponía los labios en él. Arqueó las caderas hacia las suyas cuando le lamió el pezón y se lo mordisqueó suavemente.

Gimió y se retorció mientras se lo chupaba. Gimió y jadeó. Dante siguió torturándola y ella tuvo la sensación de que salía de su propio cuerpo.

Se frotó contra él sin ninguna vergüenza, se agarró a sus caderas con las piernas, le sujetó la cabeza para que no parase.

Las implacables olas de placer la sacudieron, sintió que perdía la voz de tanto gritar. Enterró el rostro en su hombro y notó que una extraña sensación de felicidad le recorría las venas.

Oyó jurar a Dante, que rompió el ensordecedor silencio con una violencia contenida. La echó sobre la cama.

Después se pasó una mano por el pelo y se fue hasta la puerta respirando con dificultad, con sudor en la frente.

–¡Esta es tu habitación de la niñez, es su casa!

Ali asintió notando las últimas sacudidas de placer mientras los ojos se le llenaban de lágrimas.

Pero no iba a llorar. Ella había querido que aquello sucediese, había querido mucho más. Tampoco iba a compadecerse de sí misma. No iba a rogarle que les diese una oportunidad.

Ya le había demostrado, le había dicho, lo que quería. El resto dependía de él. Ali se respetaba demasiado como para rogarle.

Se levantó de la cama y él levantó la vista, todavía la miraba con deseo.

Se sonrojó al bajar la vista a sus pechos. Tenía los pezones erguidos por sus caricias, por su boca. Su barba le había dejado marcas por la piel.

Con un nudo en el estómago, Ali decidió enfrentarse a él. Le mantuvo la mirada mientras se abrochaba el sujetador y se lo colocaba bien.

Y él siguió mirándola. Ella buscó la camiseta y se la puso. Después se pasó las manos por el pelo, un pelo que él había despeinado.

No había parte de su cuerpo en la que no hubiese dejado su huella. A Ali le bastó con pensar en su erección para volver a notar calor entre las piernas.

—Ali...

—Ha ocurrido. Y yo no lo lamento. Con el nivel de feromonas que tengo ahora mismo, creo que es imposible lamentarlo.

Le mantuvo la mirada, por primera vez desde que lo había conocido, con trece años, se mostró tal y como era.

—Ha sido la experiencia más increíble que he tenido nunca con un hombre que me gusta, al que respeto y deseo. No le quites valor, no me digas por qué está mal. No me quites esto.

Él se fue acercando a ella, llevó una mano a su mejilla y pasó el dedo pulgar por su labio inferior.

—¿Sabes que es la primera vez en mucho tiempo que me olvido de quién soy? Al verte así... —se interrumpió, mirándola con deseo–. Nunca había perdido el control de esta manera. Nunca había deseado tanto a una mujer que había perdido el interés por el trabajo. La pasión de nuestro beso, el sincero deseo que veo en tus ojos, los sonidos que haces cuando llegas al clímax... me perseguirán durante el resto de mi vida. A pesar de mi fortuna, tú eres lo único que no me puedo permitir.

Ali vio que su mirada se volvía fría y se preparó para seguir escuchándolo.

–Tú y yo, esto no puede ir a ninguna parte. Yo no tengo relaciones serias y hacer esto contigo, sabiendo que no puedo darte nada más... me convertiría en el tipo de hombre que llevo toda la vida intentando no ser.

–¿Y qué clase de hombre sería ese? ¿Un hombre que siente emociones, que se preocupa de las personas que lo rodean, un hombre capaz de dar mucho más de lo que da? –le preguntó Ali.

A él le brillaron los ojos con algo parecido a miedo, pero no podía ser. ¿Qué podía temer un hombre como Dante?

–Al menos me merezco una explicación, después del orgasmo que acabas de provocarme.

–Si esta noche te hago mía, solo porque te deseo, porque tú me deseas a mí, sabiendo que lo único que puedo darte es una aventura bajo este falso matrimonio que compartimos, estaré traicionando toda la confianza que tu padre depositó en mí.

–Papá no tiene nada que ver con esto.

–Neel siempre tendrá que ver contigo y conmigo, Ali –le gritó él, molesto–. Si te hiciese mía contra la pared, aquí, en su casa, me convertiría en el cretino egoísta que fue mi padre.

–Por favor, Dante, tu padre robó miles de euros a personas inocentes. ¿Cómo vas a ser igual que él?

–Porque tú también eres una persona inocente y yo habría cedido a mis deseos más básicos. Y solo me aprovecharía de ti para dejarte cuando me hubiese cansado. Lo que quiero de ti, lo único que quiero de ti, son esas acciones. Y ya me las has dado.

La crueldad de sus palabras le hicieron más daño a Ali del que jamás había sentido. ¿Cómo podía dolerle tanto, si eso era lo que había esperado de él?

Asintió. Su instinto de supervivencia la dominó.

Se puso tensa mientras él le agarraba las manos. La ternura de su abrazo le cortó la respiración. Aquella parte de él...

Pocas personas lo conocían en realidad. Y Ali supo que su rechazo haría que lo deseara todavía más.

Notó su boca en la sien, sintió como aspiraba el olor de su pelo, cómo temblaban sus hombros. Lo agarró por la cintura, era el lugar más seguro que había encontrado en mucho tiempo.

–Entiendo que quieras marcharte de mi casa, pero esta noche ven conmigo, Alisha. No puedo... dejarte aquí sola. Hazlo por mí. Por favor, *bella mia*.

Ella rio contra su cuello mientras las lágrimas le corrían por la mejilla, mojándolo a él también. Se sintió vulnerable y, no obstante, siguió sintiendo que había un vínculo especial entre ambos.

–¿Qué?

Ella levantó la cabeza y lo miró a los ojos. Lo que vio en ellos la preocupó. ¿Cómo había podido pensar que no le importaba?

–No sabía que conocieses esas palabras.

Él sonrió.

–Ya, yo tampoco pensé que llegaría a decírtelas.

Sin dejar de sonreír, Alisha se apartó de él y recogió sus cosas.

–Pues voy a asegurarme de que me las digas muchas veces. De hecho, te prometo que, de alguna manera, conseguiré que me supliques también, Dante.

Salió de su habitación de adolescencia sin mirar atrás, sintiendo que habían pasado mil años desde que había entrado en ella, deseando que Vikram estuviese allí para abrazarla, que su padre también estuviese allí, deseó no estar enamorándose de Dante.

Deseó, en la misma casa en la que lo había hecho años atrás, poder cambiar la manera de pensar de Dante, ser suficientemente buena para él, importarle más de lo que lo hacía.

Capítulo 8

DANTE tenía la sensación de que el universo estaba conspirando contra él.

Lo que había hecho con Ali en el dormitorio... Se sonrojó solo de recordarlo. De hecho, no había podido dejar de pensar en ello durante toda la semana que había estado en Tokio.

Hasta había soñado con Ali.

Al volver a casa, había cruzado los dedos para que Ali siguiese allí a pesar de que su equipo de seguridad ya se lo había confirmado.

Esa mañana tenía otra reunión importante con los accionistas, pero la había anulado.

Tenía mil problemas relacionados con la empresa que solucionar, pero, de repente, estaba cansado de aquel trabajo. Llevaba casi veinte años trabajando sin parar y aquella mañana solo quería mandarlo todo al infierno.

De hecho, ni siquiera había salido a correr. Había preparado café, a gusto de Ali, se había servido una taza y había esperado en la cocina a que esta apareciese.

Izzy no había ocultado su sorpresa cuando la había llamado para anunciarle que se iba a quedar a trabajar en casa. En especial, teniendo en cuenta cuál era la situación en la empresa.

Pero, por primera vez en su vida, no podía centrarse en el trabajo. Solo podía pensar en contentar a Ali, en conseguir que se quedase allí. No quería que volviese sola a aquella enorme mansión llena de tristes recuerdos. La mirada de Ali le había recordado a la suya propia antes de ir a vivir con Neel, aunque él había canalizado toda la rabia en ambición, había conseguido congelar sus emociones. Ali era todo lo contrario.

Vivía de manera valiente. Fuese adonde fuese, compartía su amor y generosidad.

El deseo de protegerla era un sentimiento nuevo para él, y tan intenso que le hacía estar en tensión. La idea de que se hubiese podido marchar de su casa, de Londres, mientras él había estado fuera, lo había consumido.

Oyó que se abría la puerta de su dormitorio y levantó la cabeza. No iba vestida con pantalones cortos y una camiseta, como de costumbre, sino con una camisa, pantalones largos negros y zapatos de tacón rosas que daban color al conjunto. Se había dejado el pelo suelto y el sol que entraba por la ventana lo hacía brillar.

Un pelo suave como la seda por el que había pasado los dedos aquella noche, y que deseó tocar también en ese momento.

Vio cómo dejaba la chaqueta y el maletín en el sofá del salón. La vio mirar el teléfono antes de guardárselo en el bolso.

Ali levantó la mano izquierda y se miró los dedos, jugó con los dos anillos.

Dante continuó en silencio, en tensión.

Ella se llevó una mano a la nuca, suspiró, se quitó los dos anillos, volvió a mirarlos y después los metió también en el bolso.

Él deseó decirle que volviese a ponerse los anillos, deseó enterrar los dedos en su pelo y besarla, echársela al hombro y hacerla suya, en cuerpo y alma...

Lo deseaba tanto que se sorprendió a sí mismo.

En cuestión de segundos, vio como toda su vida, la vida que tan metódicamente se había creado, el futuro que siempre había previsto, se derrumbaban como un castillo de naipes.

Deseaba tanto a Alisha que no lo podía entender.

Quería que llevase puestos sus anillos.

Estaba obsesionado con el modo en que lo miraba, en ocasiones, furiosa, otras, riendo, a veces con un deseo sincero que hacía que le temblasen las rodillas.

Dante no quería que volviese a marcharse.

No quería que estuviese sola en algún rincón del mundo.

No quería que huyese de él.

Y la única manera de tenerla era siendo realmente su esposa.

Ali entró en la cocina y se quedó inmóvil al ver a Dante sentado delante de la barra de desayuno. Solía irse a trabajar a las seis y media, una hora que para ella era inhumana, después de haber salido a correr, haber desayunado y haberse duchado.

Lo devoró abiertamente con la mirada, al fin y al cabo, había estado fuera quince días. Tenía ojeras. Se había duchado, porque todavía tenía el pelo húmedo, pero todavía no se había afeitado. Ali sabía que solía afeitarse dos veces al día y aquella mañana era evidente que no lo había hecho.

Tenía los labios apretados, pero a Ali le gustaba así, enfadado, accesible, sexy.

Llevaba la camisa gris clara por fuera del pantalón y con un par de botones desabrochados. Cuando se puso en pie, se dio cuenta de que también llevaba unos vaqueros oscuros. Se le secó la boca y todas las promesas que se había hecho a sí misma de no seguir enamorada de él se le olvidaron en aquel instante.

–*Buongiorno*, Alisha –la saludó con voz ronca.

Ella pensó que lo había echado mucho de menos, pero verlo y no poder tocarlo era igual de doloroso.

–Creo que es la primera vez que te veo sin afeitar –comentó ella casi en un susurro–. Aunque estás igual de sexy.

Él arqueó las cejas y le brillaron los ojos. Ali se ruborizó.

–No esperaba verte –admitió–. Izzy me dijo que no volverías hasta el domingo.

–He acortado el viaje. Anoche intenté no despertarte.

–Te oí de todos modos...

–En ese caso, no es tanta sorpresa verme aquí esta mañana, ¿no? –le respondió él–. Pareces cansada. Estás guapa, pero cansada.

–Últimamente no he dormido bien. He tenido mucho trabajo. ¿Qué tal en Tokio?

–Lo mismo de siempre. Muchas reuniones, todo el día, después cenaba y volvía a trabajar. Y esta mañana... los mismos problemas de siempre.

Ali nunca lo había oído hablar de manera despectiva acerca de su trabajo. Estaba acostumbrada a verlo siempre perfecto, con su traje de Armani de tres piezas.

Frunció el ceño.

–Te has puesto vaqueros y no te has afeitado. Son las nueve y media y sigues aquí. Ni siquiera has abierto el ordenador –fue diciendo–. Lo sé porque llevo despierta desde las cinco y media y se supone que siempre te marchas a las seis y media, así que me he tomado mi tiempo en la ducha para asegurarme de que...

–De que no te encontrabas conmigo.

Dante la miró fijamente y ella se quedó sin aliento, se humedeció los labios y recordó lo ocurrido entre ellos aquella noche. Deseó que volviese a acariciarla y sintió calor entre las piernas.

–Sí. Hoy es un día importante.

Él se quedó quieto donde estaba y ella tampoco se movió a pesar de que quería acercarse.

–Tengo que marcharme –dijo por fin.

–¿No vas a tomarte antes un café? –comentó él en tono burlón–. ¿Adónde vas?

Ella se miró el reloj de platino que había pertenecido a su madre y que su padre había ajustado a su medida para regalárselo.

–Tengo una reunión con el agente.

Él sonrió y toda la habitación se iluminó.

–Qué bien. Dame quince minutos y yo te llevaré.

–¿Por qué?

–Para darte mi apoyo moral.

Ali lo fulminó con la mirada.

–¿Porque piensas que mi trabajo es tan malo que me va a rechazar automáticamente?

–¿Vas a seguir tergiversando mis palabras toda la vida? ¿Vas a continuar enfrentándote a mí siempre? –le preguntó él.

«Toda la vida», pensó ella. No podía pensar en el futuro si quería mantener la cordura. Cuando hablase con aquel agente, sabría qué hacer después. Su carrera siempre le proporcionaría una salida, un modo de escapar de Londres. Y de él.

–Piensas que no eres lo suficientemente buena, ni para tu padre, ni para la organización benéfica, ni para el agente. Ni tampoco para el mundo. Ni para mí. Pero esa decisión la has tomado tú sola.

–Eso no es cierto –protestó ella.

Pero Dante tenía razón. A pesar de los esfuerzos de su madre, siempre se había preguntado por qué la había abandonado su padre, y por qué la había abandonado Vikram.

Por qué su padre nunca la había querido como a Vikram y a Dante.

Por qué había dado ella por hecho que le faltaba algo.

Tampoco se había sentido lo suficientemente buena para Dante.

¿Era aquel el motivo por el que quería huir en lugar de quedarse y luchar por la relación más real que había tenido en toda su vida?

Todas aquellas preguntas le retumbaron en la cabeza.

–¿Por qué quieres acompañarme? –le preguntó a Dante, todavía a la defensiva–. Hace solo unas semanas hablabas de mis fotografías como de un simple pasatiempo.

–Lo siento, Ali. Estaba equivocado contigo en muchos aspectos. Te he visto pasar horas en el cuarto oscuro y supongo que no ha sido solo para evitarme a mí, ¿no?

–Es verdad que llevo mucho tiempo trabajando en esta colección y por fin está saliendo adelante. Revelar yo misma las fotografías lleva mucho tiempo.

Ali vio en el rostro de Dante una ternura que no lo creía capaz de sentir.

–¿Me perdonas por haberme burlado de tu pasión? ¿Por...?

–¿Por haber sido un cerdo arrogante desde que te conozco? –añadió ella sonriendo.

Él bajó la cabeza con arrepentimiento y la miró con ella todavía agachada.

Ali se echó a reír.

–Sí. Te perdono. Los dos estábamos equivocados en muchos aspectos. Yo no me había dado cuenta de todas las cosas que teníamos en común.

Como el deseo de demostrarle al mundo lo que valían, la lealtad y el amor hacia su padre y...

–¿Como cuáles?

La intensidad de la pregunta la sorprendió.

–Como que nos gusta el queso. ¿No te parece una buena base para una relación para toda la vida?

–respondió ella, arrepintiéndose nada más haberlo dicho.

Él no quería una relación para toda la vida.

Solo quería sus acciones. Al menos, no le había mentido.

–No es necesario que me acompañes –añadió–. Llevo mucho tiempo haciéndolo todo sola.

–Pues quiero que eso cambie. Quiero acompañarte porque recuerdo lo nervioso que estaba yo la primera vez que Neel me pidió que me ocupase de un cliente solo. Tenía... –se interrumpió, pensativo–. Veintitrés o veinticuatro años... y estaba tan decidido a causarle buena impresión que casi me equivoco en las fechas de los contratos. Quiero estar a tu lado, Alisha.

–¿Porque se lo debes a papá? –le preguntó ella.

Él se levantó y se acercó a ella, que deseó enterrar el rostro en su cuello y aspirar su olor.

–No, no quiero hacerlo por Neel. Ni por la empresa. Ni por nadie ni nada. Solo quiero hacerlo por ti.

–¿No tienes que trabajar? –le preguntó ella, sintiéndose mejor de repente.

–He pensado que me voy a tomar el día libre. Después de tu reunión, podríamos ir a comer.

–¿A comer? Dante, ya te he dicho que no quiero...

Él le dio un beso en la mejilla y Ali se quedó completamente inmóvil. Notó que le cedían las rodillas y tuvo que agarrarse a su cuello para no caerse.

Sintió que él temblaba también.

–Te prometo, *bella mia*, que esta noche hablaremos y, si sigues queriendo marcharte de aquí, veremos cuáles son las opciones, pero no te puedes marchar de Londres –le dijo, emocionado–. Sabes que jamás te haría daño, ¿verdad, Ali?

Ella enterró el rostro en su pecho y asintió. Aunque supiese que aquello no dependía solo de él.

Ali iba a apartarse cuando se abrió la puerta principal del ático y aparecieron dos mujeres. La mayor, sin duda, debía de ser la madre de Dante por su parecido con él.

El guardia de seguridad dejó una bolsa de viaje en el suelo y se marchó después de haber mirado a Dante.

Ambas mujeres los miraron con sorpresa a pesar de que estaban casados y solo se estaban abrazando. Podían haberlos sorprendido haciendo el amor en el sofá, o sobre la barra de desayuno, o contra la pared, o...

Ali se ruborizó al pensar aquello e intentó apartarse de Dante, pero este la sujetó con firmeza contra su cuerpo.

–*Buongiorno*, Dante –dijo la mujer más joven, que era toda una belleza.

Y después siguió hablando rápidamente en italiano.

Había una familiaridad entre ellos que hizo que Ali se pusiese a la defensiva. Miró a Dante y se dio cuenta de que este tenía cara de haber visto a un fantasma.

La mujer era bellísima e iba vestida con un traje de chaqueta beis de alta costura, parecía recién salida de las páginas de una revista de moda en vez de un avión.

Una sensación desagradable se adueñó de Ali. Sin pensarlo, agarró la mano de Dante. Para hacerlo volver al presente, se dijo.

Aunque no podía luchar por él cuando Dante le había dejado claro que no quería nada de ella.

Tampoco parecía que tuviese intención de presentarle a sus invitadas. Y las mujeres a ella ni siquiera la habían mirado.

Se puso de puntillas y le dijo:

—Me voy a marchar y te dejo con ellas. Disfruta de tu día libre.

Y como su madre la había educado bien, sonrió a las dos mujeres y añadió:

—Hasta luego.

Él la agarró todavía con más fuerza.

—Te he dicho que te voy a llevar yo a esa reunión –le dijo, frotando su nariz contra la de ella–. No vuelvas a huir, Alisha.

A esta se le aceleró el corazón, sintió esperanza y felicidad.

La otra mujer dijo algo en italiano, algo así como que tenía muchas ganas de verlo.

Ali frunció el ceño.

–¿Te habías tomado el día libre por ellas? –le preguntó a Dante.

—No tenía ni idea de que mi madre fuese a venir a Londres –respondió él–. Ali no entiende italiano, así que, por favor, habla en inglés, Francesca.

Francesca se puso seria e inclinó la cabeza, como si se tratase de la mismísima reina de Inglaterra y le estuviese haciendo un gran honor.

—Hola, Alisha.

–Hola, Francesca.

–¿No nos vas a dar la bienvenida, Dante? –preguntó Sylvia Ferramo.

Ali sabía muy poco acerca de su madre. No parecía tener más de cuarenta y cinco años y su aspecto era delicado y frágil.

Dante se dirigió por fin a su madre.

–Teniendo en cuenta que has decidido venir sin avisarme, mamá –le contestó él–, supongo que no es necesario que te invite a entrar. Podéis desayunar con nosotros y daros una ducha si queréis. Le pediré a mi secretaria que os reserve una habitación en el Four Seasons.

–No –respondió Sylvia, acercándose con las manos alargadas–. Hacía mucho tiempo que no te veía, hijo.

Él no soltó a Ali, solo se inclinó un poco cuando su madre tiró de él para besarlo en las mejillas. No la abrazó y, lo peor, siguió muy tenso.

–A Francesca y a mí no nos importa compartir habitación aquí. Va a ser una visita corta y, sobre todo, quiero pasar algo de tiempo contigo.

Dante no dijo nada. Ali nunca lo había visto tan sorprendido, o tan brusco. Para intentar quitar tensión a la situación, alargó una mano hacia Sylvia.

–Hola, señora Ferramo. Por favor, quédese el tiempo que quiera. Yo estoy casi todo el día fuera y si no hay espacio suficiente puedo dormir en el sofá de mi despacho, que está en el piso cuarenta y ocho.

–Tú no vas a ir a ninguna parte –la contradijo Dante mientras Sylvia le daba la mano.

Aunque su mirada no fue cariñosa, sí le sonrió abiertamente. Estudió a Ali como si fuese un insecto extraño, como si, con tan solo una mirada, quisiese decidir si era lo suficientemente buena para su hijo.

–Me sorprendió mucho leer la noticia de vuestra boda en la prensa. No entendí por qué no me contaste que ibas a casarte, ni por qué fue todo tan rápido.

–Mamá, si quieres pasar algo de tiempo con mi esposa y conmigo, sin que nadie te haya invitado a venir, al menos compórtate –le dijo él–. Evita las indirectas y los comentarios sarcásticos. Es mi deber proteger a Alisha y no permitiré que la envenenes, ¿entendido?

Ali se ruborizó.

–Ahora, permite que os acompañe a vuestra habitación.

Ali, que no sabía qué hacer, tomó su bolso y su maletín del salón. De todos modos, a esas alturas el café ya debía de estar frío. Pensó que, por el modo en que Francesca miraba a Dante, era evidente que estaba allí con el objetivo de retomar el contacto con él a pesar de que este estaba recién casado.

Se preguntó si Dante le habría contado cómo era su relación.

Salió al rellano y llamó el ascensor. Pensó que le venía bien que Francesca y Sylvia estuviesen allí mientras ella decidía cuál sería su siguiente movimiento.

–¿Adónde vas? –preguntó Dante a sus espaldas–. Te he dicho que te iba a llevar yo a la reunión.

Y, antes de que me lo preguntes, no he invitado a venir a mi madre ni a Francesca.

–¿Es un fantasma del pasado?

–¿Qué?

–Da igual. No es asunto mío.

Él la miró a los ojos, le quitó el maletín de la mano, lo dejó en el suelo y se acercó peligrosamente a ella, que retrocedió.

–Pregúntame lo que quieras, Ali –le dijo, mirándola fijamente a los ojos.

Ella deseó preguntarle por qué era tan frío con su madre, o por qué nunca hablaba de ella, por qué no había estado en su vida durante todos esos años.

Pero, en su lugar, le hizo la pregunta que le iba a rondar en la cabeza durante todo el día.

–¿Quién es?

–Una chica con la que quise casarme hace mucho tiempo, pero rompió conmigo y yo me alegro de que lo hiciera. Y se va a quedar donde estaba, en mi pasado.

Tomó aire y continuó.

–Y tú eres la mujer más fuerte, valiente y bella que he conocido jamás. Quiero que lo nuestro sea real –admitió–. No quiero que te quites los anillos. Y quiero llevarte a la cama y que nos pasemos allí un mes entero. Quiero tu lealtad y tu fidelidad. Quiero que seas mi esposa de verdad.

–¿Y qué obtendré a cambio? –preguntó ella en un susurro, hipnotizada por la intensidad de su expresión.

Se sentía esperanzada, quería pertenecer a Dante de aquella manera.

Él sonrió.

—Ya sabes que yo nunca pensé que me casaría. Después de lo de Francesca... Pero no puedo seguir ni un día más sin hacerte mía. Te daré todo lo que pueda darte. Mi dinero, mi cuerpo y mi fidelidad.

Todo, menos amor.

Ali lo conocía bien y sabía que no había omitido aquella palabra a propósito. Para un hombre que no había pretendido casarse, que tenía una larga lista de amantes en Matta Steel, el amor no era una prioridad.

Ni siquiera había pensado en ello.

Tampoco había dicho que no fuese a amarla.

Danto apoyó la frente en la de ella y espiró.

—Dime que sí, Alisha, y jamás volverás a estar sola. Jamás te faltará nada.

Entonces, se apartó de ella y se metió las manos en los bolsillos. La miró con deseo.

Ali tuvo que contener el impulso de abrazarlo, de pedirle que le hiciera el amor allí mismo.

—No. No te acerques. Sé mi esposa y yo seré todo tuyo.

Ella juró entre dientes.

—No sé cómo he tardado tanto tiempo en darme cuenta de que tú y yo estamos hechos el uno para el otro —añadió Dante—. Incluso me gusta pensar que a Neel le parecería bien. Te deseo, me gustas y quiero protegerte. Nos conocemos. La atracción que hay entre nosotros... no es normal. Juntos podemos construir un buen matrimonio basado en el respeto y crear un vínculo que jamás se romperá.

—Si me dices que te has casado conmigo para

pagar tu deuda con él, jamás volveré a mirarte a la cara.

–No, *cara mia*. No es una deuda. Pero yo soy un hombre con principios y tú no eres una mujer cualquiera. Nunca lo serás. Sé mi esposa, Alisha, mi esposa de verdad. Ten la valentía de quedarte aquí. Entre nosotros no puede haber medias tintas, tesoro. O todo, o nada.

Capítulo 9

Ven conmigo, Alisha.

El mensaje de texto que Dante le había mandado dos horas antes le retumbaba en la cabeza mientras subía en el ascensor. Ali no olvidaba que este no le había dado ninguna explicación acerca de su desaparición durante casi toda la noche, con Francesca, después de las sorprendentes palabras que le había dicho por la mañana.

No se lo había pedido por favor.

Ni siquiera había intentado persuadirla.

Le había dado una orden, como si no tuviese ninguna duda de que ella aceptaría. Como si estuviese tan desesperada por estar con él que fuese a aceptar ser su verdadera esposa así, sin más.

Bien podría haberle dicho directamente que le entregase su corazón y su alma.

Pero ella estaba desesperada por pertenecerle. No porque llevase toda la vida buscando un lugar al que pertenecer, sino porque él era lo que siempre había estado buscando.

Porque Dante tenía razón, estaba cansada de huir, de estar asustada.

Quería quedarse y luchar por él, por aquello, por ellos.

Pero enfadada por su arrogancia, le contestó: *Pídemelo por favor.*

Y él no había contestado en la siguiente media hora.

Ali se había quedado sentada en el cuarto oscuro mirando su teléfono, esperando. Hasta que por fin el teléfono se había puesto a pitar.

¿Solo por favor, cara mia? *Ven conmigo y me pondré de rodillas ante ti.*

Eres mía, Alisha. Así que deja de jugar.

Ven a mí y te daré el cielo.

Aquella ansia por poseerla, la promesa, la pasión... Ali había temblado al imaginar, se había reído al pensar que Dante era muy... Dante incluso cuando escribía.

Pensó que podía pasarse otra década dando vueltas por el mundo y jamás encontraría a un hombre como él.

Así que allí estaba, delante de la puerta de su habitación mientras el futuro la esperaba al otro lado. Vio luz a través de la rendija inferior y se le aceleró el pulso. Era la una y media de la madrugada y el ático estaba por fin en silencio.

Porque Ali no había olvidado que Sylvia y Francesca estaban un par de puertas más allá, después de haberse negado a alojarse en el Four Seasons. Sylvia parecía desesperada por reconectar con su hijo y Ali no podía culparla por ello, ella también habría dado todo lo posible por poder ver a su padre o a Vikram solo una vez más y poder pedirles perdón por todo el daño que les había hecho. Otro tema muy distinto era la exnovia de Dante.

Al final, Ali había tenido que ir sola a su reunión con el agente porque a Dante lo habían llamado por teléfono diciéndole que había un problema con la fusión con la empresa japonesa y había tenido que marcharse.

Después, había estado esperando a que Dante y Francesca volviesen no sabía de qué reunión importante. Durante la cena, Sylvia la había bombardeado a preguntas, acerca de su padre y de Vikram, de la boda, pero no le había contado nada de aquella reunión secreta.

En esos momentos estaba delante de la habitación de Dante, con el corazón acelerado. Y si no entraba jamás se perdonaría el no haberlo intentado.

Así que respiró hondo e hizo girar el pomo, entró y cerró la puerta tras de ella.

Dante estaba sentado frente a su escritorio. Llevaba la camisa blanca desabrochada y unos pantalones negros.

Era evidente que estaba muy tenso y solo tenía delante, encima del escritorio, el teléfono.

Ella no había respondido a sus mensajes. Dante la miró y ella vio desesperación en su rostro, y deseo.

La miró de arriba abajo y Ali se apoyó en la puerta y le preguntó:

–¿Pensabas que no iba a venir?

Dante se encogió de hombros y la camisa se le abrió más, permitiendo que Ali viese sus perfectos pectorales y su vientre plano. Se humedeció los labios y se imaginó pasando la lengua por allí.

–Dime –insistió.

–No estaba seguro –admitió él, pasándose la mano por el pelo.

Aquello no hizo que Ali se sintiese mejor. De repente, no le interesaba jugar con él. Ya no.

–¿Por qué no has venido tú a buscarme? –le preguntó.

De repente, se sintió vulnerable, sintió ganas de llorar. Lo deseaba tanto. Anhelaba estar entre sus brazos, pertenecerle.

–¿No te parece suficiente que haya sido tuya desde que viniste a Bangkok? ¿Que haya vuelto a tu casa en contra de lo que me dice mi instinto? ¿Qué haya esperado toda la noche mientras tú desaparecías con tu ex?

Suspiró.

–¿Qué quieres que haga, que me ponga de rodillas para que comprendas que esto no es solo un capricho? Que no es una fase ni...

Él se puso en pie y la abrazó. La besó sensualmente y luego se apartó.

–Tenías que tomar tú la decisión, Alisha. ¿No te das cuenta, *bella mia*? Esto es demasiado importante para mí. Es... –susurró contra sus labios, mirándola intensamente–. No puede ser como una reunión de negocios en la que yo use tus puntos débiles contra ti para conseguir que te rindas. Necesito que tú vengas a mí, que escojas esto en estas condiciones.

Tocó sus mejillas y le besó todo el rostro.

–Es la primera vez en mi vida que he esperado sin saber cuál sería el resultado –le confesó–, pero ahora que estás aquí, *cara mia*, jamás tendrás que volver a dar ese paso.

La mordió, la besó, la apretó contra la pared, hasta que Ali sintió que se consumía de deseo.

Y ella se frotó contra su cuerpo.

–Espera –le dijo él–, Francesca ha venido porque su ex ha invertido todo su dinero y quería pedirme ayuda.

–Ha venido aquí por algo más, créeme –respondió ella.

–Hemos pasado la noche con mis abogados para ver cómo podemos ayudarla. Y lo he hecho esta noche porque quiero que se marche de aquí lo antes posible. No sé en qué pensaron mi madre y ella al presentarse aquí, pero a mí no me interesa –le aseguró Dante, tomando su mano y dándole un beso–. Tú eres mi esposa y te prometo que jamás miraré a otra mujer. Tienes mi palabra.

Ali asintió, tenía un nudo en la garganta.

Él la tomó en brazos y suspiró.

–Esta es tu noche de suerte, *cara mia*.

–¿Por qué mi noche de suerte? ¿Y la tuya?

Él murmuró algo en italiano mientras volvía a besarla.

–Por cierto, que se me ha olvidado comprar preservativos –le advirtió él.

–¿Por qué no tienes preservativos aquí?

–Porque nunca traigo a nadie. Tú eres la primera mujer que ha vivido en esta casa, que ha entrado en mi habitación y que va a compartir mi cama.

–Eso me hace sentir especial –comentó Ali en tono burlón.

–¿Piensas que lo hago a la ligera?

Ali negó con la cabeza. Si había algo de lo que nunca había dudado era de la palabra de Dante.

–He tenido dos amantes, estoy limpia y tomo la píldora –le dijo.

–Yo cinco, y también estoy limpio.

–¿Cinco? ¿No se te estará olvidando alguna?

–En diez años he conseguido que Matta Steel tenga un valor neto de cinco mil millones de dólares, no tengo tiempo para tener tantas aventuras como piensa la prensa.

–¿Y es Francesca una de esas cinco?

Él la soltó y Ali echó de menos su calor.

–¿Cómo te sentirías tú si Jai estuviese aquí, dos puertas más allá?

–Lo echaría a patadas.

–¿Aunque te he dicho muchas veces que forma parte del pasado?

Dante se frotó la cara.

–Esto jamás funcionará si no confiamos el uno en el otro.

–Yo confío en ti. Es solo que... tú lo sabes todo de mí y yo no sé nada de ti.

–No me has permitido ver tu trabajo.

–Eso te lo has ganado a pulso, Dante.

–Los padres de Francesca la obligaron a romper conmigo cuando salió la noticia de mi padre. Habíamos estado juntos casi toda la vida, pero ella aceptó la decisión de sus padres porque tampoco quería casarse con un hombre con semejante carga sobre sus hombros.

–Te rompió el corazón.

Él levantó la cabeza, negó.

–No, la verdad es que a esas alturas ya me habían pasado cosas mucho peores.

Tal vez Francesca no le hubiese roto el corazón, pero había hecho que se cerrase en sí mismo. Ali se acercó de nuevo a él.

–Pues yo me alegro, porque ahora eres mío –le dijo–. Lo que para una mujer es un desecho para otra es un héroe.

–No soy ningún héroe, Ali. Los héroes no existen, *cara mia*. Solo existen hombres con debilidades y sin ellas.

A Ali no le gustó que se pusiese tan serio. Tenía en la mirada la sombra del oscuro pasado de su padre. Lo abrazó por el cuello y se frotó contra él con descaro. Notó su erección contra el vientre.

–Está bien, no eres un héroe. Eres un hombre perfecto con una erección perfecta y no puedo esperar más...

Él le metió un mechón de pelo detrás de la oreja.

–Tengo que aprender qué es lo que te excita. Necesito hacerte gritar. Necesito probar cada centímetro de tu piel. Y después, si todavía quieres, entraré dentro de ti, *cara*.

A ella le ardieron las mejillas.

–Te vas a poner metódico y controlador, ¿no?

Él se echó a reír.

Ali enterró los dedos en su pelo y le apartó un mechón que le caía sobre la frente. Dante bajó la vista y sonrió. Y, en aquella sonrisa, Ali encontró el mundo entero, lo que había estado buscando durante tantos años y por tantos continentes... un lugar al que pertenecer. Su lugar.

Merecía la pena quedarse allí por aquel hombre. Merecía la pena luchar por él.

Tenía la sensación de haber estado toda la vida esperando aquel momento, a aquel hombre. Todas las decisiones que había ido tomando la habían conducido hasta allí. Hasta aquella noche.

Hasta Dante.

Dante se apartó de Ali. Todos los músculos de su cuerpo se habían tensado con un deseo que no podía seguir negando más.

Aquello estaba bien. Estaba bien.

Dio la luz del techo y la habitación se iluminó. En el centro de la habitación, apoyada contra su cama estaba Alisha.

El vestido de cachemir que llevaba puesto se pegaba a todas las curvas de su cuerpo y el color melocotón realzaba el moreno de su piel. El vestido le llegaba a mitad de los muslos y después llevaba puestas unas botas marrones altas. Y era evidente que no se había puesto sujetador.

Después de años de ser muy disciplinado y de tener sexo solo por la sensación de liberación que este le provocaba, aquella noche quería hacerla suya hasta hartarse.

Quería tomarse su tiempo, provocarle tal placer que se olvidase del nombre de cualquier otro hombre. A su lado, jamás le faltaría nada, ni dinero, ni seguridad, ni placer.

Se pasó una mano por la mandíbula y la notó áspera.

—Espérame un minuto. Voy a afeitarme.

—No, no —le respondió ella.

—¿Por qué no?

—Porque me gustas así.

Él atravesó la habitación sin saber cómo era capaz de seguir controlándose.

—¿Por qué? —le preguntó a Ali.

—Porque quiero sentirla contra mi piel.

Aquello lo excitó todavía más.

—¿Dónde, Ali?

Ella levantó la barbilla.

—Aquí —le contestó.

Y se tocó la mejilla.

—Y aquí —añadió.

Y se tocó el pecho a través del vestido.

—Y aquí —continuó.

Y se llevó las manos al vientre.

—Y aquí —terminó, metiendo una mano entre sus muslos.

A él se le secó la boca.

—Suéltate el pelo.

Y ella se lo soltó.

Dante quería sentir aquellas ondas sedosas, castañas, en su vientre y más abajo.

Había tantas cosas que quería hacer con ella que una eternidad no le habría bastado para realizarlas todas.

—La vas a sentir, tesoro mío —le prometió—. Por

todas partes. ¿Hay algo más que desee mi sensual esposa?

—Quítate la camisa —le ordenó ella.

Él se la quitó y la tiró al suelo. Ali lo devoró con la mirada, desde el cuello hasta los pectorales, desde la suave capa de vello de su pecho hasta la línea que desaparecía debajo de los vaqueros.

Y se detuvo en el bulto que había en estos.

Se humedeció los labios y vio cómo Dante se excitaba más.

—Quítate el vestido —le pidió él a su voz—, pero déjate las botas.

A Ali le brillaron los ojos. La respiración se le entrecortó mientras lo obedecía. Lo oyó gemir al ver la impresionante sensualidad de su cuerpo.

No llevaba sujetador. Tenía los pechos pequeños, altos y redondos, los pezones oscuros estaban tersos. A Dante se le hizo la boca agua. La piel morena de Ali era perfecta, su pelo sedoso caía sobre un hombro, invitándolo a tocarlo. Tenía la cintura estrecha, tanto que habría podido abarcar el contorno con las dos manos; los muslos y las piernas bien torneados, unas piernas que anhelaba tener a su alrededor mientras la penetraba.

No podía desearla más. Y era suya. Aquella noche y todas las siguientes.

—Ahora, las braguitas —le ordenó.

Pensó que Ali iba a negarse, por principio, porque odiaba que le diese órdenes, que supiese lo que era mejor para ella.

—¿No vas a discutir? —le preguntó él, porque quería que lo hiciese.

–No tengo ningún problema en obedecer tus órdenes cuando sé que estás haciendo lo que es mejor para mí.

Él se estremeció al oír la arrogante seguridad de su voz ronca. Con el mentón erguido de manera desafiante, la mirada brillante, metió dos dedos por debajo de la delicada tela y la bajó.

Ali tuvo que apoyarse en la cama para quitárselas y su pelo cayó hacia delante como una cortina de seda, ocultando sus pechos de la vista de Dante.

Luego se las lanzó mientras sonreía con malicia y la tela cayó al suelo mientras él se humedecía los labios.

Bajó la vista a su pelvis y pensó que estaba muy sexy.

Deseó hacerla suya así mismo, de pie, con los ojos brillando de deseo, pero decidió que aquella noche, no. Ya lo haría otra noche.

Esa noche quería tomarse las cosas con calma. Se sentó en el sillón de piel.

–Ven aquí –le dijo.

Y ella se acercó balanceando las caderas, con los pechos subiendo y bajando, sonriendo. Lo miraba con tal deseo que Dante se excitó todavía más. Cuando llegó a su lado, Dante se inclinó hacia delante, la agarró por el trasero y se apretó contra ella. Su olor lo enloqueció. Tembló del deseo que sentía en esos momentos. Le lamió el ombligo, respiró hondo.

No se había desabrochado los pantalones para poder controlarse. Quería que ella llegase al clímax antes. A él, por primera vez en su vida, ya no le quedaba nada porque Ali ya se lo había dado todo. Su confianza, su cariño, todo...

Y él sabía que era un regalo y se prometió que lo valoraría, aunque no pudiese compensarla en la misma medida.

–Siéntate a horcajadas sobre mi regazo.

El zumbido que tenía en las orejas le impidió oír, mucho menos entender, lo que le decía Dante. Con piernas temblorosas, Ali se subió al sofá mientras él seguía acariciándola. Se sentó encima y al notar su erección entre las piernas tuvo la sensación de que corría electricidad por sus venas.

Automáticamente, empezó a moverse encima de él, haciéndolo gemir.

–No te muevas todavía –rugió Dante, agarrándola por las caderas–. Quiero estar dentro de ti.

–Sí, por favor –murmuró ella.

Dante pasó la lengua por uno de sus pechos y Ali arqueó la espalda. Él murmuró algo en italiano y repitió el gesto hasta que la oyó gemir y la notó temblar. Ali enterró los dedos en su pelo grueso para sujetarle la cabeza donde la tenía, para que le diese más. Dante le mordisqueó el pecho.

–Todas las noches he soñado con esto –confesó, metiéndose el pezón en la boca y chupándolo una y otra vez.

Y Ali sintió que le ardía el vientre de placer. Justo cuando estaba a un paso del éxtasis, cuando podía saborear el clímax, Dante paró.

Después volvió a empezar, la torturó una y otra

vez hasta que la hizo sudar y temblar. Ella lo miró a los ojos.

–Quieres que te ruegue, ¿verdad? ¿Te estás vengando por todos los dolores de cabeza que te he causado durante todos estos años?

Él le acarició la espalda y el trasero. La miró con deseo.

–Me gusta verte así, desesperada por mí, mirándome con deseo. Es como una droga, *cara mia*, ver cómo vas excitándote, cómo desconectas de todo lo demás y te entregas completamente a mí de un modo tan... generoso. Me había prometido a mí mismo que pasaría horas dándote placer y escuchando cómo gritabas mi nombre.

Ali balanceó su cuerpo encima de él, loca de deseo.

–Entra ya, Dante, por favor.

Él la hizo incorporarse un poco para poder quitarse los pantalones. Liberó su erección, que le acarició el vientre, y Ali deseó pasar la lengua por ella. Se humedeció los labios.

–Esta noche no, *cara mia* –le dijo él.

Ali se frotó contra su cuerpo y se estremeció de placer.

Él bajó la vista al punto en el que sus cuerpos se tocaban.

–Hazlo otra vez –le ordenó.

Y ella lo hizo.

Una y otra vez, hasta que Dante por fin estuvo en su interior.

Ali dio un grito ahogado al notarlo dentro.

–Estás muy tensa –le dijo él, sudando.

–Es que hacía mucho tiempo. Y ahora ya sé por qué no lo echaba de menos. Te estaba esperando a ti, Dante.

Él se quedó inmóvil un momento.

–Ali, yo no merezco...

–Shh –lo acalló ella, dándole un beso.

Sus cuerpos se amoldaron poco a poco el uno al otro, Ali pasó las manos por su cuerpo y, de repente, le dijo:

–Jai tenía razón. Y yo no me había dado cuenta.

Dante frunció el ceño y juró.

Ella lo abrazó con fuerza.

–Siempre me has gustado. Siempre comparaba a todos los hombres que conocía contigo. Ni si quiera sé cuándo...

Él enterró los dedos en su pelo y le echó la cabeza hacia atrás al mismo tiempo que levantaba las caderas hacia ella. Buscó su clítoris con la mano y la acarició. Quería volverla loca.

Y, sin previo aviso, Ali llegó al orgasmo.

Dante la devoró con la mirada y siguió moviéndose en su interior mientras ella se sacudía de placer.

–¿Cuándo qué, Alisha? –le preguntó con voz ronca–. ¿Cuándo qué?

–No sé cuándo ocurrió. Tal vez siempre fue así y yo no me había dado cuenta hasta ahora.

Él se puso en pie con sus cuerpos todavía unidos, agarrándola por el trasero, y la llevó hasta la cama.

Ali volvió a notar placer cuando Dante se detuvo al borde de la cama y empezó a moverse en su interior.

Le brillaban los ojos, tenía las mejillas coloradas. Aceleró el ritmo de sus movimientos y le clavó los dedos en las caderas. A Ali le encantó, le encantó ver cómo Dante buscaba egoístamente su propio clímax, cómo perdía el control.

–Durante años, me fue fácil ocultarme detrás del odio –añadió antes de morderle el labio inferior.

Y él tembló y se apretó todavía más contra ella, que lo abrazó con fuerza con las piernas y se dejó hacer.

Dante gimió, fue un sonido salvaje, incontrolado. Ella lamió el sudor de su cuello y de su hombro.

–Me ha encantado ese sonido. Me encanta que me conozcas tan bien. Te quiero, Dante. Y siempre te querré.

Sonriendo, Ali se dejó caer sobre las sábanas. Su corazón estaba lleno. Dante había perdido el control con ella por lo que le había dicho y Ali se sentía feliz aunque él se hubiese mantenido en silencio. Aunque aquel silencio también le hubiese dolido.

Cerró los ojos y giró la cabeza.

Pero ya había visto que Dante la miraba con sorpresa. Y que se ponía tenso.

Pero, por una vez, a Ali no le importó lo que estuviese sintiendo.

Estaba enamorada de él y se había sentido libre al decírselo, al decirlo en voz alta, al abrir su corazón y aceptar lo que sentía.

Al estar tumbada, saciada, junto al hombre al que amaba.

Capítulo 10

EL CIELO se teñía de rosa en el exterior, la ciudad cobraba vida al tiempo que él despertaba. Por primera vez en su vida, Dante no tuvo prisa por ponerse también en marcha. No tenía ninguna reunión urgente ni había ninguna emergencia que tuviese que atender, no había ningún motivo para salir corriendo de su habitación y separarse de Ali.

Llevaba dos semanas de relación con ella, de relación de verdad, y tenía la sensación de haber vivido dos vidas. Los primeros días se había preparado para algún repentino golpe de realidad, para tener que pagar de algún modo la sobrecogedora experiencia que habían compartido aquella primera noche.

Había esperado que, antes o después, Ali le pidiese algo, cualquier cosa, a cambio de la declaración de amor que le había hecho con tanta sinceridad.

Al fin y al cabo, recordaba a su madre declarando su amor por su padre y, después, pidiéndole un regalo. Un coche más caro, una pulsera de diamantes, un piso mejor... como si su amor fuese una transacción.

Y su padre nunca se había dado cuenta de que, le diese lo que le diese, jamás sería suficiente.

Se le hacía un nudo en el estómago cada vez que Ali le daba un beso o se reía de él, o, simplemente, cuando lo miraba. Y él no podía evitar preguntarse qué le iba a pedir a cambio.

Sabía que sería una conversación incómoda y dolorosa, pero estaba preparado para mantenerla. Por otra parte, Ali no parecía esperar de él que la correspondiese con las mismas palabras.

Porque él no podía amarla. No había fuerza en la Tierra capaz de hacer que se abriese tanto, de hacer que demostrase semejante vulnerabilidad, semejante debilidad.

Pero Ali no le pedía nada, salvo su cuerpo. Era insaciable, tanto como él, y todas las noches, al acostarse, lo miraba con deseo y lo exploraba como si de un delicioso bufé se tratase.

Solo le pedía su risa, su compañía, sus opiniones. Y no parecía querer nada más que disfrutar.

Para Ali aquello no era una transacción. No le pedía un precio por su amor.

Solo se lo daba.

Alargó la mano y tocó la sábana fría. Frunció el ceño al oír los repetidos *clics* de una cámara. Juró y se sentó en la cama.

Vestida con una camiseta sin mangas y unas braguitas rosas, Ali encendió la luz y Dante tuvo que cerrar los ojos.

—Apaga las luces, *cara mia*. Y vuelve a la cama.

Ella no respondió, continuó haciendo fotografías.

–Siéntate, por favor, Dante.

Él se sentó, casi sin saber lo que hacía.

–Pásate la mano por el pelo.

Y él volvió a obedecer antes de murmurar:

–No soy modelo, Ali.

Ella se mordió el labio inferior y frunció el ceño.

–Eres el hombre más sexy al que he fotografiado y, créeme, he fotografiado a muchos.

–¿Desnudos? –preguntó él, molesto con la idea.

–Sí, desnudos. Levanta el brazo, por favor, *caro mio*. Quiero sacar la mancha de nacimiento que tienes en el bíceps. Es la única imperfección que he encontrado hasta el momento en tu cuerpo.

Él sonrió.

–Hazme una oferta que no pueda rechazar.

Ella se ruborizó y bajó por fin la cámara. Sonrió con malicia.

–A cambio, te haré el amor.

Él se excitó y Ali vio el bulto de su erección bajo las sábanas.

–*Altro* –dijo Dante, sabiendo que no había nada que pudiese negarle a Ali.

–Siempre pides más –protestó esta–. Dejaré que tú también me hagas el amor a mí.

Él la recorrió con la mirada y la boca se le hizo agua solo de pensar en arrancarle las braguitas con los dientes.

–*Altro* –repitió riendo.

–Permitiré que veas mi trabajo –respondió Ali en voz baja–, pero tienes que prometer que no... no... Es como mostrarte mi alma, Dante.

Y él sintió en el pecho un calor que no había sentido nunca antes.

–Para mí será un honor ver tu trabajo. Y es un privilegio posar para ti –añadió.

Y ella sonrió todavía más.

Dante se dijo que aquel matrimonio sería como él quería, que lo tendrían todo juntos sin la transacción emocional del amor en cada uno de sus intercambios.

–Ahora, levanta las manos –le pidió ella.

Y Dante obedeció.

Una semana más tarde, Ali saludó a Izzy al pasar por delante de su escritorio y entró en el despacho que Dante tenía en las torres Matta sin llamar a la puerta.

Este no la vio entrar porque estaba de espaldas en la otra punta. Ali lo observó con el corazón encogido, nunca iba allí, ni siquiera había ido cuando vivía su padre, por principio.

Vikram la había invitado muchas veces a ir, incluso recordaba que Dante le había pedido en una ocasión que fuese, le había dicho que a Neel le gustaría verla allí, pero Ali se había negado. Siempre había esperado a que fuese su padre quién se lo pidiese.

Las vistas de Londres desde aquel despacho eran impresionantes. En el centro había un enorme escritorio de caoba, tan imponente como su dueño. A la izquierda, una pequeña zona de estar con sofás de piel beis y, a la derecha, otra puerta que comunicaba con lo que Ali sabía que era un dormitorio. Allí debía de haber pasado las tres últimas noches, porque, en cualquier caso, no había ido a dormir a casa.

Cuando la primera noche lo había llamado por teléfono él le había informado educadamente de que la fusión con los japoneses estaba absorbiendo todo su tiempo. Y ella había sabido que le decía la verdad como también había sabido que, de haberse aburrido ya de ella, se lo habría dicho.

Pero Ali tenía la sensación de que aquello también tenía que ver con las escenas que la madre de Dante le montaba todas las noches, decidida a enfrentarse a él por cualquier motivo. Afortunadamente, Francesca se había marchado después de un par de días.

Pero Sylvia seguía en su casa y Ali no podía evitar ver la tristeza en sus ojos.

–¿Dante? –susurró, preparándose para ser el blanco de su penetrante mirada.

Él se giró y Ali no necesitó más para desearlo. Su aspecto era inmaculado y arrogante, como de costumbre, pero tenía ojeras. A ella le dolió verlo cansado.

Pensó que le diría que se acercase a él, que la abrazaría y la besaría apasionadamente. Al fin y al cabo, llevaban tres días sin verse y ella no había podido echarlo de menos más.

Pero no lo hizo. Se limitó a meterse las manos en los bolsillos y a apoyarse contra la pared.

Y en aquel momento Ali se dio cuenta de algo. Dante nunca la tocaba cuando no era para hacerle el amor. No era nunca cariñoso en público y en esos

momentos Ali tuvo la sensación de no haber llegado en un buen momento.

–Tengo una reunión dentro de quince minutos
–le advirtió él, confirmándoselo–. ¿Por qué no me
has avisado de que ibas a venir? Te habría dicho
que estaba ocupado.

Ella tragó saliva, se negó a sentirse mal. Además, se recordó que si estaba allí era por él.

Y por su madre, por su pasado.

Sonrió todavía más, se acercó a él y, antes de
que le diese tiempo a rechazarla, se puso de puntillas y le dio un beso en los labios, con todo su amor.

Pasó la boca por su nariz, por las mejillas, por
las cejas. Enterró los dedos en su pelo. Y él se re-
lajó y se dejó hacer.

–¿Nadie te ha enseñado cómo tienes que saludar
a tu mujer después de tres días sin verla? –le preguntó Ali.

Y entonces notó cómo Dante relajaba por fin los
hombros.

–Así es como saludo a mi mujer –respondió entonces él, tomando el control y besándola apasionadamente–. Le diré a Izzy que posponga la reunión.
Necesito estar dentro de ti, ahora.

Y ella sacó fuerzas de flaqueza para rechazarlo.

–No, Dante, no he venido aquí a tener sexo.

Él la soltó rápidamente, respirando con dificultad.
Con los ojos brillantes, se pasó el dorso de la mano
por los labios, como si quisiera limpiarse su sabor.

–Entonces, ¿para qué me has dado ese beso,
cara? ¿Para demostrarme que eres capaz de hacerme caer de rodillas en cuestión de minutos?

–No, te he besado porque te he echado de menos. Y luego ha pasado lo que nos pasa siempre que nos besamos. ¿O es que no te habías dado cuenta hasta ahora?

–No tengo tiempo para esto. Vete a casa, Alisha.

Ya nunca la llamaba Alisha, y lo hizo con condescendencia, como con paciencia, como si pensase que ella quería causarle problemas.

Lo que le demostró a Ali que no estaba bien. No obstante, la situación la enfadó.

–¿Pero sí tienes tiempo para hacerme el amor contra la pared? ¿Y después? ¿Me vas a decir que me lave en el baño y me vas a dar una palmadita y dinero para que me marche?

Él juró entre dientes.

–Lo nuestro nunca ha sido así –le dijo.

–Eres tú el que le está quitando valor –le reprochó ella.

–Ali, por favor, márchate. Este no es el lugar ni el momento. No quiero hacerte daño, *cara mia*.

–Pues no me lo hagas. No me eches de aquí como si te molestase. He venido a verte. Sé que estás disgustado por algo, pero no es justo que te pongas desagradable conmigo. Tal vez no estés acostumbrado a tener una relación, pero no quiero que me trates como si fuese uno de tus empleados de los que puedes prescindir. Que te quiera no significa que vaya a permitir que me trates así.

Sus palabras perdieron peso cuando los ojos se le llenaron de lágrimas. Ali se apartó de él y se limpió las mejillas.

Ya casi estaba en la puerta cuando Dante la llamó.

–No te marches, Ali. No permitas que te aparte de mi lado.

Ali, que ya tenía la mano en el pomo, se quedó inmóvil. Amarlo la hacía vulnerable, pero no débil. Lo notó a su espalda y deseó apoyarse en él y dejarse reconfortar.

–No me toques –le pidió.

Él tomó aire.

–Lo siento, Ali. Tengo la sensación de estar todo el día pidiéndote perdón. Mírame, por favor.

Ella se giró, pero no pudo mirarlo. En su lugar, fue hasta donde había una pequeña nevera, la abrió, sacó una botella de agua y se la bebió de un sorbo. Cuando terminó vio que Dante se había sentado en el sillón de dos plazas y decidió sentarse enfrente de él.

–¿Aceptas mis disculpas?

–No lo sé –respondió ella, encogiéndose de hombros–. He venido porque se marcha, Dante, tu madre se va a marchar dentro de un par de horas.

La ternura que por unos instantes había invadido su expresión desapareció.

–Lo sé.

–Me da pena. La veo desesperada por conectar contigo. Yo daría cualquier cosa por volver a ver a mi padre, por pedirle perdón, por decirle que lo único que quería era que nos quisiéramos. ¿Por qué no la perdonas por lo que te haya hecho? Hazlo aunque sea por ti, porque es evidente que te duele verla.

Él estuvo mucho tiempo en silencio, y por fin contestó.

—No pienso que se trate de perdonarla, no siento nada por ella. Incluso antes de que mi padre fuese a la cárcel, ya había dejado de tener relación con él. Unos meses después se había casado con otro hombre. Se cambió el apellido y quiso que yo me lo cambiase también.

La frialdad de sus palabras aterró a Ali. Al parecer, era cierto que no sentía nada por su madre. Se arrodilló delante de él y tomó sus manos.

—Eso la convierte en una persona débil, Dante, pero no en un monstruo.

—Él lo hizo todo por ella. Estaba tan enamorado de ella, tan desesperado por complacerla que engañó a cientos de inocentes.

—¿Qué?

—Mi madre pertenece a una familia siciliana muy rica, que había estado vinculada con la Mafia. Él era un humilde contable. Mi madre... parece una persona delicada y frágil, pero en realidad siempre ha estado muy mimada y ha sido muy exigente con sus exigencias, con lo que piensa que se merece. Cuando conoció a mi padre estaba pasando por una fase rebelde y él se enamoró perdidamente.

Dante le estaba contando la historia de sus padres.

—Ella se dio cuenta enseguida de que ser madre con veintidós años, con mi padre, no incluía coches, ni casas, ni joyas. Le mostró su descontento y él... decidió hacer lo que fuese necesario para complacerla. Y en un par de años nos hicimos ricos y mi padre le puso el mundo a sus pies.

—Pero no puedes culpar a tu madre de lo que hizo tu padre. Ambos eran débiles —replicó Ali.

Se puso furiosa al darse cuenta de que la relación que habían tenido sus padres había distorsionado la idea que Dante tenía del amor. Y de que por aquel motivo no quería perdonar a ninguno de los dos.

Él la miró y frunció el ceño.

–Tienes razón, pero cada vez que veo a mi madre no puedo evitar pensar que nunca quiso a mi padre, que lo dejó pudrirse en la cárcel y ni siquiera fue a verlo. Cuando mi padre se enteró de que se había vuelto a casar, se colgó.

Dante se frotó la frente y Ali sufrió por él.

–Cuando la veo... me acuerdo de él. Mi padre estaba locamente enamorado. Sigo sin entender cómo podía quererla tanto. Su amor por ella fue su mayor debilidad, su veneno...

Dante pensaba que el amor era venenoso. Una debilidad. Ali sintió que se le cortaba la respiración.

Ya había sabido que Dante no creía en el amor, pero...

Él la ayudó a levantarse y la abrazó, y Ali enterró el rostro en su pecho.

–No merece tus lágrimas, Ali. Ni tu compasión.

Dudó un instante antes de continuar.

–Tenías razón. no se me dan bien las emociones, pero aprenderé, tesoro. Aprenderé a ser un buen marido y a comunicarme contigo. No volveré a hacerte daño. Tendremos un buen matrimonio, basado en el respeto mutuo y en la pasión. Y, cuando llegue el momento, aumentaremos la familia, si así lo quieres. No obstante, tienes que saber que...

Se interrumpió, le temblaba la voz.

—Yo nunca pondré mi vida en manos del amor. No puedo cambiar por ti. No puedo ser algo que no soy. No me pidas eso.

Y después se marchó, dejándola sola en el que había sido el despacho de su padre, con el corazón rompiéndosele en pedazos.

Ali sintió tristeza por Dante, que no creía en el amor y que no podía entender que, por mucho daño que aquello le hiciese, ella iba a seguir amándolo.

Que no podía dejar de amarlo ni podía dejar de sufrir por él como tampoco podía dejar de respirar.

Dante volvió a casa aquella noche. Nunca se había sentido tan mal.

Fue directo a la habitación de invitados. Su madre ya se había marchado. Se quedó en medio de la habitación, todavía olía a gardenias, a ella. Siempre había sido una belleza frágil, sin espinas, que había permitido que el mundo la zarandease a su antojo.

Y él había creído que Ali era como ella y como Francesca, una princesa mimada, pero no, su esposa era una leona con el corazón de oro. Y él le había hecho daño.

La había dejado sola en su despacho porque había sido incapaz de enfrentarse a su reacción.

No podía amarla, pero tampoco podía hacerle daño.

Ali había ido a verlo para reconfortarlo y él le había roto el corazón, pero después de haber tenido a su madre en casa durante varias semanas, de haber visto la culpa en sus ojos, de haber revivido los peores años de su vida... se había sentido tan impotente como con dieciséis años.

Solo ante el legado de su padre y ante la muerte de este.

Solo ante el descubrimiento de que el amor había roto su familia.

Y Dante se sentía fatal por haberle hecho daño a la única mujer que merecía su adoración, que se negaba a dejar de mirarlo como si fuese un héroe.

Pero no estaba dispuesto a que el pasado siguiese irrumpiendo en su vida. Iba a empezar de cero con Ali e iban a ser felices juntos.

Se pasaría la vida ganándose que lo mirase con adoración.

Desesperado de repente, fue hacia la habitación en la que Ali se había instalado al llegar allí. No iba a permitir que pasase la noche en otra cama que no fuese la suya. Dio la luz y vio la cama hecha y vacía, no había allí ninguna de sus cosas.

De repente, sintió pánico. ¿Era posible que lo hubiese dejado? Fue hacia su propio dormitorio con el corazón encogido.

Abrió la puerta y la vio allí, en el centro de su cama. Y sintió ternura, alivio y deseo.

Estaba tumbada boca abajo, con el rostro hacia un lado, ocupando casi toda la cama. Dante se acercó y apoyó una mano en su espalda, y solo aquel contacto lo calmó. Solo aspirar su olor, verla en su cama noche tras noche... El deseo se adueñó de él.

Se desnudó y se metió en la cama. En ese momento sintió miedo, ¿y si ya estaba demasiado implicado?

Apartó la cortina de pelo de su rostro y besó las sombras que había bajo sus ojos. Unas sombras que estaban allí por su culpa.

Aspiró su olor hasta que formó parte de él.

Recorrió a besos la curva de su trasero.

La hizo moverse para que su espalda le tocase el pecho.

Y metió la mano por debajo de su brazo y le acarició un pecho.

Frotó su mejilla contra la de ella y se sintió como un hombre hambriento.

Le susurró promesas y ruegos al oído en italiano.

Sonrió al verla despertar y mirarlo a los ojos.

Y le pidió disculpas cien veces.

La vio sonreír y se le derritió el corazón.

Acarició su pezón erguido con los dedos.

Gimió cuando ella se frotó contra su cuerpo.

La besó en la curva del cuello.

Le clavó suavemente los dientes en el hombro.

Gruñó como un neandertal cuando ella apretó el trasero contra su erección y se frotó contra ella.

Le quitó la ropa interior como un hombre poseído.

Se le escapó otro gruñido al notarla húmeda.

Le levantó una pierna, la abrió para él, la penetró y se movió en su interior hasta que la bestia que tenía en él volvió a calmarse.

Y ella se giró y le dijo:

—Puedes ser egoísta, Dante. Puedes hacerme tuya sin pensar en si voy a disfrutar yo. Me gusta que me utilices para sentir placer. Haz lo que quieras, cuando quieras.

Y Dante sintió que se le abría el pecho.

Se puso a sudar y empezó a acariciarla para que llegase al clímax con él.

Y cuando la oyó decir su nombre y notó que sus músculos internos se sacudían, no pudo controlarse y la tumbó boca abajo en la cama, la ayudó a incorporarse y la hizo suya desde atrás.

Y ella sonrió y le pidió:

–Más fuerte, Dante, más, por favor. Quiero llegar al clímax otra vez. Contigo.

Dante volvió a sentir como se derretía entre sus brazos y luego perdió completamente el control y pensó solo en sí mismo. Solo quería perderse en ella.

Entonces tuvo el orgasmo más intenso de toda su vida. Fue el momento más salvaje, sincero y revelador de toda su existencia. El momento en el que más se había entregado a otra persona.

Pero siguió sin sentirse satisfecho.

–Ali, mírame. Siento lo de antes. Siento... haberte dejado así.

–Siempre y cuando después vuelvas a mí, no pasa nada, ¿de acuerdo?

–De acuerdo.

Ali lo besó apasionadamente y él volvió a excitarse.

–Ha sido fantástico –le dijo ella–. Siempre merece la pena la espera.

Y él se ruborizó como un adolescente.

–¿No te he hecho daño?

–No, pero ahora te toca a ti hacerme algún cumplido.

Él supo que lo decía de broma, pero no se rio. Ya no se imaginaba la vida sin ella. Le dio un beso en el hombro.

–Me alegro de haberte chantajeado –le dijo.

–Y yo me alegro de haber cedido –respondió Ali.

Después se tumbó de lado y se acurrucó contra él, como si aquel fuese su lugar.

Su esposa era la mujer más valiente que había conocido. Y él, un hombre poderoso, arrogante e implacable de treinta y seis años que estaba aterrado. No sabía qué emociones podía desatar Ali en él.

Ni qué más podía pedirle Ali que él no pudiese darle. O qué iba a hacer el día que ella se diese cuenta de que solo volver a su lado no era suficiente.

Capítulo 11

ALISHA se miró al espejo con satisfacción, estaba muy sexy con el vestido que había elegido para la fiesta de esa noche.

Quería compartir su felicidad con el mundo.

Quería ser por fin parte del legado de su padre.

Quería que Dante estuviese orgulloso de su esposa.

Después de tres semanas sin verlo, tenía muchas cosas que compartir con él, planes por hacer y estaba feliz.

Ali había querido sorprender a Dante, pero fue ella la que se llevó la sorpresa del siglo al bajar del Mercedes aquella noche.

La Mansión Matta brillaba como nunca para la celebración de aquel Diwali. La iluminación hacía que la casa pareciese un antiguo palacio indio, los jardines también estaban decorados e iluminados y se había utilizado para ello la colección de arte de su madre.

Ali entró en el salón y dio un grito ahogado. Miles de lamparitas rojas estaban ya encendidas y se preguntó cómo había hecho Dante para averiguar todas las tradiciones indias que rodeaban aquella fiesta. Sobre todo, sabiendo que había estado en Tokio las tres últimas semanas.

Había un trío de músicos sentado en un diván, olía a flores frescas y a la deliciosa comida que había expuesta en una mesa a modo de bufé.

Ali salió al balcón del segundo piso y miró hacia el jardín. Una hora más tarde los invitados ocuparían cada rincón de la casa.

Encenderían bengalas y disfrutarían juntos.

Los ojos se le llenaron de lágrimas.

Recordó a su madre decorando la casa así cuando ella había tenido unos cuatro años. La recordó vistiéndolos a Vikram y a ella con ropa tradicional india y poniéndose un sari rojo y el collar de diamantes que en esos momentos le pertenecía a ella. Recordó a su padre besándola en la frente.

—¿Ali?

Ella se giró y vio a Dante vestido con un traje negro y camisa blanca.

—Estás... preciosa, aunque enseñas demasiado, Ali.

—Este tipo de trajes se llama *lehenga* –le dijo ella, girando sobre sí misma–, pero le pedí a la diseñadora que lo hiciese más moderno y sexy, digno de la esposa de un hombre guapo, arrogante y maravilloso. Para que el mundo entero recordase la noche en la que Alisha Matta...

—Vittori.

—¿Qué?

–Alisha Vittori.

«Alisha Vittori».

Era un apellido, nada más, pero a ella se le aceleró el corazón.

Arrugó la nariz y Dante apretó la mandíbula.

–Al parecer, la señora Puri tenía razón, soy muy tradicional. Quiero que mi esposa lleve mi apellido. Quiero que todo el mundo sepa que, aunque sea todo tuyo, tú también eres mía.

De repente, las voces procedentes del piso de abajo se difuminaron y Dante y Ali se quedaron completamente solos, en su propio mundo.

Él la besó apasionadamente, transmitiéndole cosas que jamás le diría, demostrándole que ella también tenía un lugar en su corazón, aunque fuese pequeño, que aquel vínculo no lo controlaba ninguno de los dos.

–La señora Puri también me dijo que no estaba siendo justo, que estaba siguiendo las tradiciones de mi familia, no las de la tuya.

–¿Te llamó y leyó la cartilla? –le preguntó Ali–. Si te adora.

–La llamé yo a ella para preguntarle cómo se hacían las cosas cuando habían vivido aquí tus padres. Ali, si quieres una boda hindú, o una fiesta, o lo que sea, dímelo. No me digas dentro de treinta años que no hicimos las cosas como mandaba la tradición. Quiero que tengas todo lo que quieras, *cara mia*.

Dante había decidido retomar la tradición del Diwali y había invitado a antiguos empleados de

Matta, a trabajadores de la fundación e incluso a Jai.

Y le había pedido consejo a la señora Puri.

Y eso que aseguraba no tener corazón, no ser romántico, no saber cómo llevar una relación, no poder enamorarse. Ali tenía el corazón en la garganta. Casi no podía respirar.

—Mírame, Alisha —le ordenó él.

Ella lo hizo con cautela.

—¿Quieres ser mi esposa, Ali?

Ella tomó sus manos, estaba llorando.

—No necesito ceremonias para definir lo que hay entre nosotros. La primera vez que entré en tu dormitorio, me convertí en tu esposa, Dante. Me estás haciendo llorar y voy a estar horrible cuando lleguen los invitados.

Riendo, Dante sacó un pañuelo y le secó con cuidado las mejillas.

—Siempre estás preciosa y esta noche me vas a volver loco con ese vestido.

—¿No te ha dicho la señora Puri que, según la tradición hindú, vas a tener que pasar siete vidas conmigo?

Él asintió.

—Espero que esta sea solo la primera. ¿Bajamos?

—No es justo —gimió ella.

—¿El qué?

—Que hace tres semanas que no estoy contigo y me muero por estar en tu cama, o por que me hagas el amor contra la pared, pero los invitados están esperándonos...

Él le dio un beso en la frente.

–Paciencia. Recuerda que lo bueno se hace esperar.
Y la espera mereció la pena.

Cuando despidieron al último invitado y volvie-
ron a casa de Dante era más de la una de la madrugada, y Ali estaba tan cansada que se habría podido
quedar dormida de pie.

Él la abrazó por los hombros para sujetarla y le
dio un beso en la sien.

–Hora de acostarse. Llevo toda la noche queriendo quitarte esa... *lehenga* –le dijo–, pero lo voy
a hacer para que te metas en la cama.

–No, no, no. Tengo miles de cosas que contarte
y no puedo esperar más.

–Ali, ya hablaremos mañana.

–Por favor, Dante.

Él se echó a reír y le dio un beso en los labios.

–Bueno, si me lo pides así.

–Lo primero quiero que veas mi trabajo –le dijo,
emocionada, tocando en el ascensor el botón del
piso en el que estaba su estudio.

–Sí, por favor –respondió él.

Ella lo agarró de la mano, pero al llegar a la
puerta, se detuvo.

–Bueno, eso no es lo primero.

–Ali, siento haberte hecho dudar con mi crueldad, pero, por favor, *cara mia*.

–No. No es eso. Es que durante la fiesta me he
dado cuenta de que... quiero vivir allí. Es decir, que
quiero que volvamos a llenar esa casa de buenos
recuerdos, de risa y de...

Se interrumpió en el último momento para no pronunciar la palabra *amor*.

–Creo que eso habría hecho muy felices a papá, a mamá y a Vikram. Podríamos... como tú dijiste, cuando estemos preparados... Yo quiero que formemos una familia grande y los jardines de la casa son el lugar perfecto para criar a un ejército de niños.

–¿A un ejército? –repitió Dante en voz tan baja que Ali se echó a reír.

–Sí.

–Está bien, viviremos allí.

Ella tomó su mano y se la llevó a la mejilla.

–¿Así, sin más?

–Hoy es tu día de suerte y espero que lo aproveches, *bella mia*.

«Te quiero tanto», pensó ella, pero no lo dijo. No quería estropear un momento tan bonito ni poner a Dante incómodo.

En su lugar, se limitó a asentir, tomó su mano y lo hizo entrar en el estudio.

Dante no sabía qué esperar, pero cuando Ali dio las luces se quedó sin palabras. Todas las fotografías eran un momento maravilloso capturado en el tiempo. En una había una mujer desnuda en la cocina de aquel restaurante de Bangkok; en otra, una mujer dándole el pecho a su hijo; en una aparecía un hombre de rodillas, delante de una mujer, acariciando su sexo con la boca; en otra aparecía una mujer cubierta de hematomas; y había más y más.

Todas eran bellas, tiernas y muy reales. Era la vida en todo su esplendor y en toda su indignidad al mismo tiempo. Todas hablaban del extraordinario talento de la mujer que las había captado.

Dante sintió vergüenza y orgullo, no supo qué decir.

–¿Dante? –susurró Ali.

Parecía una diosa entre sus instantáneas en blanco y negro.

Él se acercó, tomó sus manos, le besó los nudillos e intentó encontrar las palabras adecuadas.

–No sé por qué lo hiciste, pero gracias por haberme comprado aquella cámara.

Dante negó con la cabeza, tenía un nudo en la garganta.

–No... me des las gracias a mí, *bella*. Si no lo hubiese hecho, tú habrías encontrado la manera de hacerlo realidad. Tu trabajo es... –se echó a reír–. Tu padre habría estado muy orgulloso, Ali.

A ella se le llenaron los ojos de lágrimas y Dante la abrazó mientras lloraba, contento, por una vez en la vida, de haber encontrado las palabras adecuadas.

Con la esperanza de que, también por primera vez en la vida, su pasado no le hubiese impedido darle cariño y recibir el amor que ella le ofrecía.

Ali se sintió tan a gusto en sus brazos que estuvo a punto de cambiar de opinión, pero no quería empezar su nueva vida ocultándole a Dante algo tan importante.

Así que, por mucho que quisiese seguir entre sus brazos y rogarle que la llevase a la cama, respiró hondo y se apartó de él.

—Mi agente quiere hacer una exposición lo antes posible. Todavía están decidiendo en qué galería. Empezaría en Londres y, dependiendo del éxito, la llevarían a otras ciudades como Nueva York, Beijing. Tenemos que ultimar los detalles. También estoy buscando empleados para la fundación.

—Eso es fantástico. El mundo entero debería ver tu talento. Y yo pienso que estás haciendo lo correcto con la fundación. ¿Te preocupa tener que viajar?

—No, no es eso. Es que ha surgido algo más. ¿Recuerdas aquellas prácticas de fotografía que jamás realicé?

—Sí.

—Pues mi agente le ha enseñado mi trabajo a un filántropo estadounidense que forma equipos para viajar a las zonas más remotas del mundo: al Tíbet, a Bosnia, a Haití, a zonas de guerra. El caso es que me llamó la semana pasada y me ha pedido que lo acompañe en su próxima expedición.

—No me sorprende —le respondió Dante, volviendo a acercarse para abrazarla con fuerza.

—¿No?

Él le levantó a barbilla y la miró a los ojos.

—¿No has dicho que sí?

—No. Al principio... me quedé muy sorprendida, pero respondí que tenía que hablarlo contigo. Quiero decir, que es una decisión que nos afecta a los dos, a nuestra vida juntos y... no me parecía bien aceptar sin contártelo antes. Quería hablarlo contigo. Te he echado tanto de menos mientras estabas en Tokio.

Dante volvía a estar sin palabras.

–Ali... –empezó, notando que le temblaban las manos–. Me alegro de que hayas esperado para hablarlo conmigo, pero no hacía falta. Es tu carrera y quiero que despegue hasta que todo el mundo conozca tu trabajo.

Ella asintió, pero estaba seria, nerviosa.

–¿Qué es lo que te preocupa? ¿Hay que pagar?

–No, no hay que pagar nada, aunque yo tampoco cobraría porque es todo un privilegio hacer ese trabajo.

–Entonces, ¿cuál es el problema?

–Que el siguiente viaje sería dentro de un mes y... estaría fuera dieciocho meses. Tal vez más.

Aquello fue como una patada en el estómago para Dante. No se imaginaba sin ver a Ali durante año y medio.

–Entiendo –dijo, necesitando más tiempo para ordenar sus pensamientos.

Ali enterró el rostro en su pecho, preocupada por su reacción. Estaba temblando... Aquella era una oportunidad única.

Dante pensó que no podía ser egoísta.

–Tienes que ir –le dijo–, será duro estar separados tanto tiempo, pero... yo no me voy a marchar a ninguna parte. Solo te pido que no te enamores de otro en esa expedición, que recuerdes que eres mía.

Y le guiñó un ojo.

–No es gracioso, Dante. ¿No confías en mí?

–Por supuesto que sí... ¡Pero dieciocho meses es mucho tiempo!

–¡Exactamente! –asintió ella–. Eso es lo que esperaba que dijeras. Yo no puedo estar tanto tiempo sin verte. No, no puedo. Y tenía la esperanza de que... vinieras conmigo.

–¿Qué?

–Ya sabes, como si fuese una luna de miel, pero en vez de ir a hoteles de lujo, nos alojaríamos en tiendas o en cabañas. Podríamos estar juntos. Ya he preguntado y, al parecer, es posible, y...

–Espera, Alisha, yo no puedo marcharme dieciocho meses, dirijo una empresa multimillonaria.

–Lo sé, aunque seguro que puedes seguir en contacto con tu equipo desde cualquier parte del mundo. No te estoy pidiendo que dejes Matta Steel, pero, piénsalo...

Dante se puso a andar de un lado a otro, lo que Ali proponía era impensable.

–No puedo, Ali, no puedo. Entiendo que estés emocionada y que te hayas dejado llevar, pero no es tan sencillo.

–Entonces, pídeme que no me marche. Pídeme que me quede por nosotros, por nuestro matrimonio, y lo haré.

–¡No! No puedes quedarte aquí por mí. No me lo merezco. Maldita sea, Ali... no podría darte nada a cambio de ese sacrificio –le dijo él.

–No es un sacrificio, Dante. Eso es lo que parece que no entiendes. Te quiero. Quiero pasar mi vida contigo, pero...

Él no quería aquel sacrificio, lo dejaría marcado para el resto de su vida.

–No te puedo pedir que abandones tu carrera por mí. Por nosotros.

Ali sintió semejante dolor en el estómago que no pudo respirar.

–¿Para qué sirve ser un maldito millonario si no puedes hacer lo que quieras? –le preguntó–. ¿Vamos a seguir viviendo siempre en este extraño... limbo por tu miedo al amor?

Él la miró con frialdad, casi con crueldad. Volvía a ser un extraño, un hombre al que Ali odiaba.

–No conviertas esto en una transacción, Alisha. No lo conviertas en un gesto romántico que se supone que debo hacer para demostrarte lo que significas para mí. No puedo dejar la empresa, yo no soy como mi padre y jamás lo seré.

Ella asintió.

–No te pido un gesto romántico ni te pido que dejes Matta Steel, solo... Da igual, ni siquiera lo vas a pensar, Dante. Te da hasta miedo verme feliz, tienes miedo de que te pida algo a cambio de no ir. Te da miedo que te ame y que quiera de ti algo que no me puedes dar, pero yo siempre voy a tener la esperanza de que algún día me ames, aunque sea solo un poco.

–No puedo... no voy a permitir que me manipules, Alisha.

–En ese caso, no hay nada más que decir, salvo adiós.

—Ali...

—Voy a volver a la mansión, no vengas detrás de mí. Esta noche, no. Y no te preocupes por tu reputación. No le contaré al mundo que me enamoré de un hombre que ni siquiera sabe el significado de la palabra amor.

Ali le había puesto el corazón a sus pies y él le había dado una patada.

Así que levantó la cabeza y fue hacia el ascensor.

Ya había vivido sola antes y había sobrevivido. Volvería a hacerlo, aunque en aquellos momentos no pudiese sentirse peor.

Capítulo 12

SE HABÍA marchado. Ya hacía más de un mes. Los primeros días, vivir en su piso sin ella había sido un infierno, así que Dante había empezado a quedarse a dormir en el despacho.

Después, se la había encontrado una tarde cuando había ido a casa a por ropa.

La había visto tan guapa que se había sentido fatal.

–Te has cortado el pelo –le había dicho.

–Es más cómodo así –había respondido ella–. No tendré tiempo para lavármelo y secármelo.

Y después le había anunciado que estaba recogiendo sus fotografías para llevárselas a su agente, que podía hacer lo que quisiera con su estudio.

Y él había seguido sin entender que hubiese hecho una montaña de un grano de arena, pero no le había pedido que volviese con él.

Así que Ali se había mudado a casa de su padre y después iba a marcharse a Nueva York, para reunirse con el equipo con el que después viajaría a algún lugar del mundo que Dante prefería no saber.

Y un mes después de su marcha, a Dante le seguía sorprendiendo sentirlo todo tan vacío cuando llegaba a casa por las noches.

La echaba de menos todas las noches. La echaba de menos en la cama, en la cocina y en su corazón.

Y para protegerse había hecho lo que hacía siempre, encerrarse a trabajar todo el día.

Pero aquel día decidió ir al estudio. Abrió la puerta y encendió las luces. Las pareces y los suelos estaban vacíos y él recorrió el espacio como un tigre enjaulado. Entonces lo vio, una fotografía enmarcada, cubierta por papel marrón, atada con un cordel.

Estaba tan desesperado por ver su trabajo, por verla a ella, que la abrió. Y lo que descubrió lo dejó sin aliento.

Era él. Su fotografía.

Debía de habérsela hecho antes de que él se diese cuenta, antes de que estuviese completamente despierto. Y, de alguna manera, había capturado todo lo que sentía por ella sin saberlo.

Un amor puro y completo. Un amor que él le había negado porque era un cobarde.

Ali le había entregado su corazón desde el principio y él se acababa de dar cuenta de que la vida no significaba nada sin ella. De que, por ella, estaba dispuesto a dejar cualquier empresa, a dejarlo todo.

De que lo era todo para él.

Nueva York en diciembre parecía sacado de un cuento de hadas. La nieve cubría los edificios, las calles, mirase adonde mirase Ali.

Las luces navideñas lo iluminaban todo: edificios, rascacielos, árboles, y se reflejaban en el suelo blanco.

Pero ella nunca había creído en los cuentos de hadas, ni siquiera de niña.

Y cuando se cruzaba con algún hombre vestido de traje se le paraba el corazón de golpe y se olvidaba del gentío que la rodeaba, del ruido, de los olores, de todo lo que había a su alrededor. Todo su cuerpo se ponía tenso y sentía la esperanza de que en aquella ocasión no fuese un extraño, sino Dante.

Estaba deseando marcharse de allí, pero la asistente del señor Carter le había informado esa mañana de que el viaje se había pospuesto. No le habían dado más explicaciones y Ali, distraída, tampoco las había pedido.

Así que en esos momentos su duda era si debía quedarse en Nueva York o volver a Londres.

Porque Nueva York estaba a un océano de él y, por mucho que le doliese seguir buscándolo entre la multitud, había sobrevivido un día más sin romperse, sin llamarlo, sin tomar un avión para volver a Londres y rogarle que volviese con ella.

Porque no podía hacer eso.

Se quedaría otra semana más allí y después decidiría. En esos momentos, tenía que seguir viviendo.

Levantó la vista y vio que por fin había llegado al Plaza, donde tenía lugar una reunión con las personas que iban a formar la expedición.

Preguntó en recepción y la mandaron al piso veinte.

Mientras llamaba a la puerta que le habían indicado, pensó que aquello era muy raro. Iba a darse la vuelta para marcharse cuando se abrió la puerta y apareció Dante.

Un cúmulo de emociones la invadió, se quedó sin aliento.

–¿Qué estás haciendo aquí? –le preguntó.

Y sin esperar su respuesta se dio la media vuelta, pero él la agarró del brazo, la hizo entrar en la habitación y cerró la puerta.

–*Buongiorno*, Alisha –la saludó, estudiando su vestido de punto, mirándola con deseo–. Estás para comerte, *cara mia*. Te he echado de menos. No sabes cuánto te he echado de menos.

–Yo... no tengo nada que decirte ni nada que negociar –respondió ella, con ganas de llorar–. Retiro lo que te ofrecí. No voy a dejar la oportunidad de mi vida por ti. No te lo mereces. Tú no me mereces, Dante.

Él la miró son sorpresa, se pasó una mano por el pelo.

–Esto sí que me lo merezco.

–Deja de darme la razón. No me digas que me has echado de menos. Para.

–No llores, *cara mia*. Te prometí que no te haría daño. Solo quiero hablar contigo. Dame solo media hora, Ali. Después, podrás marcharte, no te detendré.

–Espera, ¿qué haces aquí? La asistente de John me dijo que había una reunión con el equipo, una copa de Navidad.

–He sido yo. Y también he hecho que John posponga el viaje.

–¿Qué? –preguntó ella sorprendida–. ¿Por qué?

–Porque tenía muchas cosas que hacer antes. Le he dicho a John que... quiero unirme a la expedición, pero necesito un mes o dos para dejar bien la empresa. No puede ser antes. Pero, como tú dijiste, ¿de qué sirve ser multimillonario si no puedes chantajear al jefe de tu esposa para que espere a que tú le ruegues que te perdone? Porque sin ti, *cara mia*...

Ella puso los brazos en jarras y Dante continuó:

–No me había sentido tan impotente desde que la policía se llevó a mi padre. Siento no haberme dado cuenta del valor que tenía lo que me dabas. Siento haberte hecho tanto daño. Siento haber sido tan...

Recorrió su rostro a besos, la besó en el cuello y ella sintió placer y deseó que la besase en los labios.

Y de repente lo vio ponerse de rodillas, tenía los ojos mojados.

–Quiero ir contigo –le dijo–. A este viaje y a los que hagan falta. No me importa. Siempre y cuando estemos juntos.

–¿Estás seguro? –le preguntó ella, llorando–. Esto no es una transacción. Amarte no es una condición. Estar contigo no es... Si ahora mismo me pides que vuelva contigo a Londres, lo haré. Yo solo necesito... amarte a mi manera, Dante. Aunque tú no ames a mí. Aunque tú...

Entonces él la interrumpió:

–Estoy enamorado de ti, *cara mia*. Recorreremos el mundo juntos para que puedas hacer tus maravillosas fotografías. Viviremos como nómadas si es lo que tú quieres. Nuestros hijos viajarán con nosotros si quieres. Y no volveremos jamás a Londres. Ni compraremos una casa. Lo haremos todo a tu manera.

Ali se puso también de rodillas, a su altura.

–No. Yo lo único que quería era que fueses tú quién viniese a mí. Que me permitieras que te amase como quiero amarte. Y que también me amases, aunque fuese solo un poco.

–Te amo con locura –respondió él, haciéndola feliz.

–Entonces mi hogar estará donde estés tú, Dante. Porque lo eres todo para mí.

Dante tomó a su esposa en brazos y sintió que el corazón le estallaba del amor que sentía por ella.

Bianca

Era una tentación peligrosa, pero irresistible...

EL FINAL DE LA INOCENCIA

Sara Craven

Para evitar que su corazón quedara hecho pedazos en manos de Darius Maynard, la empleada de hogar Chloe Benson había abandonado su amado pueblo. Al regresar a casa años después, aquellos pícaros ojos verdes y comentarios burlones todavía la enfurecían... ¡y excitaban!

Darius sintió una enorme presión al verse convertido repentinamente en heredero. Sin embargo, siempre había sido la oveja negra de la familia Maynard. Y no tenía intención de cambiar algunos de sus hábitos, como el de disfrutar de las mujeres hermosas.

Acepte 2 de nuestras mejores novelas de amor GRATIS

¡Y reciba un regalo sorpresa!

Oferta especial de tiempo limitado

Rellene el cupón y envíelo a

Harlequin Reader Service®
3010 Walden Ave.
P.O. Box 1867
Buffalo, N.Y. 14240-1867

¡Sí! Por favor, envíenme 2 novelas de amor de Harlequin (1 Bianca® y 1 Deseo®) gratis, más el regalo sorpresa. Luego remítanme 4 novelas nuevas todos los meses, las cuales recibiré mucho antes de que aparezcan en librerías, y factúrenme al bajo precio de $3,24 cada una, más $0,25 por envío e impuesto de ventas, si corresponde*. Este es el precio total, y es un ahorro de casi el 20% sobre el precio de portada. !Una oferta excelente! Entiendo que el hecho de aceptar estos libros y el regalo no me obliga en forma alguna a la compra de libros adicionales. Y también que puedo devolver cualquier envío y cancelar en cualquier momento. Aún si decido no comprar ningún otro libro de Harlequin, los 2 libros gratis y el regalo sorpresa son míos para siempre.

416 LBN DU7N

Nombre y apellido   (Por favor, letra de molde)

Dirección   Apartamento No.

Ciudad   Estado   Zona postal

Esta oferta se limita a un pedido por hogar y no está disponible para los subscriptores actuales de Deseo® y Bianca®.
*Los términos y precios quedan sujetos a cambios sin aviso previo.
Impuestos de ventas aplican en N.Y.

SPN-03   ©2003 Harlequin Enterprises Limited

DESEO

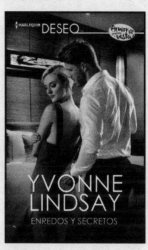

Enredos y secretos

YVONNE LINDSAY

**Seducida como su cenicienta secreta...
¿querrá ser su reina?**

LAS CARICIAS
DEL JEQUE

Susan Stephens

Sola y embarazada, Lucy Gillingham estaba decidida a proteger a su futuro hijo de su peculiar familia. Pero Tadj, el atractivo desconocido con el que había pasado una noche inolvidable, había vuelto para revelarle un secreto sorprendente. ¡Estaba esperando un hijo de un rey del desierto! Tadj daría seguridad a su heredero, pero ¿estaría Lucy dispuesta a aceptar aquella propuesta escandalosa y compartir el lecho real?